Querido dane-se

KÉFERA BUCHMANN

Querido dane-se

paralela

Copyright © 2017 by Kéfera Buchmann

A Editora Paralela é uma divisão da Editora Schwarcz S.A.

Grafia atualizada segundo o Acordo Ortográfico da Língua Portuguesa de 1990, que entrou em vigor no Brasil em 2009.

CAPA Caco Neves
IMAGENS DE CAPA E MIOLO Caco Neves
FOTO DE QUARTA CAPA © Gabriel Wickbold
PROJETO GRÁFICO Tereza Bettinardi
PREPARAÇÃO Lígia Azevedo
REVISÃO Renata Lopes Del Nero e Adriana Bairrada

Dados Internacionais de Catalogação na Publicação (CIP)
(Câmara Brasileira do Livro, SP, Brasil)

Buchmann, Kéfera
 Querido dane-se / Kéfera Buchmann.
– 1ª ed. – São Paulo: Paralela, 2017.

 ISBN: 978-85-8439-080-9

 1. Diários 2. Ficção brasileira I. Título.

17-05492   CDD-869.3

Índice para catálogo sistemático:
1. Ficção: Literatura brasileira 869.3

[2017]
Todos os direitos desta edição reservados à
EDITORA SCHWARCZ S.A.
Rua Bandeira Paulista, 702, cj. 32
04532-002 — São Paulo · – SP
Telefone: (11) 3707 3500
www.editoraparalela.com.br
atendimentoaoleitor@editoraparalela.com.br
facebook.com/editoraparalela
instagram.com/editoraparalela
twitter.com/editoraparalela

A todas as idas
e vindas desta vida.

E ao amor.

2 DE MAIO

Querido diário.
Não. Meu Deus, quantos anos eu tenho?
Olá.
Não, não é isso.
Oi.
Muito seca. Deixa eu pensar. Dane-se. Só eu vou ler esta droga mesmo, daqui a um tempo, quando estiver a fim de rir do fiasco que eu era quando tinha vinte e seis anos. Então lá vamos nós!
Querido diário,
Levei um pé na bunda. Ah, é, me chamo Jussara. ODEIO ESSE NOME. Parece que já nasci condenada a ser uma tia-zona. Sofri muito na minha infância por ter nascido com nome de adulto. Da tia que frita pastel na feira. Sem preconceito, até porque amo pastel, mas a tia da feira aqui perto de casa... Não vou muito com a cara dela, não. Não sei, ela já foi meio grossa comigo algumas vezes.
Ah, estou tomando ritalina. Comecei a fazer terapia e ir à psiquiatra, que disse que tenho déficit de atenção. Não sei ao certo por que ela acha isso, mas, já que estou

pagando as consultas com meu rim, porque é um baita negócio caro, melhor obedecer e tomar tudo o que ela mandar. Até porque ultimamente só tenho tomado no cu. E eu já tomava uns calmantes antes. Nada muito forte. Tarja preta, mas minha mãe também toma. E as mães estão sempre certas...

    Uma vez, roubei um tarja preta da minha mãe. Quando eu tinha oito anos. E acabei indo parar no hospital. Não que eu fosse uma criança que precisasse (também não era lá muito quieta, mas não era o caso de tomar tarja preta com essa idade, né?). Lembro que os comprimidos eram cor-de-rosa e eu achei que fossem balas. Enfim, isso eu conto outra hora. Não estou aqui para falar das vezes que já fui para o hospital por ingerir o que não devia.

    Iniciei este diário porque minha terapeuta disse que acha interessante eu começar a narrar meus dias e ver o que teve de positivo e negativo em cada um deles. Eu meio que já sei a resposta, mas já que ela insistiu... Achei a ideia um saco, porque nos dias de hoje seria muito mais fácil mandar um WhatsApp para mim mesma com o resumo do meu dia.

    Minha terapeuta é velha. Vai ver por isso ela é tão old school e não me deixou "escrever" o diário no WhatsApp. Ela acha que isso afasta as pessoas do mundo real. Mas como confiar em alguém que não vive conectado? E se eu tiver uma crise existencial por não saber qual é a melhor foto para o meu perfil ou a melhor frase de status? Tem gente que usa emoji, tem quem prefira frase motivacional, outros nem status têm! Resumindo, ela é velha pra cacete.

Bom, agora ficou tarde e amanhã chego cedo no ateliê. Eu até contaria mais sobre minha vida e blá-blá-blá, mas... QUEM SE IMPORTA? Só eu mesma vou ler essa porcaria daqui a uns anos, como já disse. Então é isso aí. Falou.

3 de maio

Querido diário,
FODEU.
    Minha terapeuta quer ler meu diário. Só porque eu disse que ninguém ia ler essa droga aquela velha me inventa de querer ver o que eu escrevi. Tive que mentir que ainda não comecei a escrever. Menos um ponto para mim: mentir para a própria terapeuta, que é a pessoa em quem eu mais deveria confiar no mundo. Que ódio dela. Pedir para eu escrever um diário e querer ler depois. Um pouco de privacidade seria legal.
    Droga, agora tenho duas páginas de diário em que eu chamo ela de velha. Porra, vou ter que arrancar essas duas. Desculpa, diário. Falou.

4 DE MAIO

Querido diário,
Comecei uma dieta. Tomei um suco verde que está embrulhando meu estômago até agora. Esse lance de comer mato serve legal para os bois, mas eu não sou um. Agora comi uma coxinha, então acho que logo melhoro.

Só tenho terapia semana que vem. Não sei o que ela vai achar da minha dieta. Talvez seja melhor nem comentar. Não tive coragem de arrancar as duas páginas em que chamei a terapeuta de vaca e velha. Ela precisa saber a verdade sobre o que eu realmente penso, certo?

Talvez eu arranque, não sei. Estou em dúvida. E de que adiantaria arrancar se eu acabei de escrever "vaca" e "velha" outra vez?

Hoje o dia foi meio chato. Igual a todos os outros. Mas mandei bem em um trabalho. E consegui não mandar mensagem para o Henrique, meu ex. Também consegui levar a Mimosa, minha vira-lata adotada, para passear. Mas me esqueci de tomar a ritalina. Sinto uma leve tontura, mas estou legal. Amanhã eu

5 de maio

Querido diário,

Foi mal. Ontem dormi enquanto escrevia. O fim da frase era "conto mais sobre o Henrique". O cara que me deu o pé na bunda mais escroto do qual já ouvi falar. Por WhatsApp. Namoramos três anos e o filho da puta falava até em casamento!

Cacete, daqui a pouco vou estar com trinta anos. Se eu chegar lá solteira e chamando Jussara só vai faltar andar com uma placa no pescoço escrito TIAZONA. Que ódio.

Depois da mensagem terminando o namoro, o Henrique sumiu. Deletei ele do meu Facebook, e hoje me odeio por isso. Agora não consigo mais fuçar a droga do feed para ver se tem outra na história. Sou orgulhosa. Demonstrar fraqueza não é comigo. Mas acontece até de eu ficar com a janela dele aberta no WhatsApp só para ver quando está on-line e quando foi a última vez que visualizou alguma mensagem.

Minha terapeuta já me viu chorar algumas vezes. Tá legal, chorei em TODAS as sessões. Já estou nessa fossa do término há uns três meses. Parece pouco tempo, e de fato é. Mas, para quem levou um pé na bunda, é uma eternidade.

14

Só quem está na fossa sabe como é esperar uma ligação do ex. E, quando finalmente seu telefone toca, ou é telemarketing ou é sua mãe ligando para contar como foi a aula de ioga. Às vezes eu

6 DE MAIO

DESCUUULPA. Dormi de novo enquanto escrevia. Estou cansada (não me diga!). Tenho trabalhado duro para juntar uma grana e conseguir viajar. Sonho em conhecer Paris desde criança. A ideia era ir com quinze anos. Já tenho vinte seis e nada...

A propósito, sou estilista de formação e atualmente trabalho como costureira. Eu sei, Jussara e costureira. Uma tia. EU SEI! Cursei faculdade de moda e até hoje tento fazer o que realmente amo, que é desenhar roupas. Foi no que me especializei, em croquis. Tenho várias pastas cheias deles. Desenho já faz anos. Mas é um mundo mais difícil do que parece. Nunca tive grana para abrir meu próprio ateliê nem para ter as melhores roupas, muito menos de marca. Trabalho no ateliê da Helena Bissot (se pronuncia "Bissô", mas até hoje eu falo "Bizót" só de raiva). A dona Helena é uma mulher bem-sucedida, mas não vou muito com a cara dela.

Ela tem cinquenta e sete anos, é LINDA, esculpida, bem-vestida, bem de vida, bem comida (imagino). Bem da droga toda. E é amiga das socialites mais ricas e babacas do país.

Mas são essas mulheres que bancam meu sonho, infelizmente, comprando roupas dela. Então cada vez que vou tirar a medida das coroas, tenho que acenar e sorrir como se estivesse amando muito cada momento. Não chego a odiar cem por cento a costura, é até meio terapêutico.

Hoje quase liguei para o Henrique. Depois de escrever sobre ele ontem fiquei meio vulnerável, até cheguei a sonhar com o desgraçado. Foi mais ou menos assim: a gente estava em um precipício e eu joguei ele lá de cima. Fim. Estou na dúvida se foi um sonho ou um pesadelo, até porque depois de empurrar eu ainda gritava: "ESPERO QUE VOCÊ ARDA NO INFERNO! E, A PROPÓSITO, SEU PAU NEM ERA TÃO GRANDE ASSIM!". Depois eu gargalhava maquiavelicamente. Mas foi bom ter o Henrique por perto, mesmo num sonho--pesadelo-sei lá meio estranho.

Sinto falta dele.

Aliás, já que esse diário é meu mesmo, posso falar sobre como foi empacotar as coisas dele que estavam aqui em casa? Chorei mais que criança indo tomar vacina. É uma merda quando você aposta suas fichas em alguém e dá errado. Eu já tinha terminado outros namoros antes, mas esse foi de longe o mais intenso de todos. E pegar os perfumes dele, as roupas que estavam dentro da minha gaveta, até as cuecas (algumas esgarçadas e com freadas, mas eu, de tão apaixonada, nem achei desagradável)... Fiquei tão mal que em dado momento me vi agarrada a uma cueca dele, chorando compulsivamente enquanto falava para as paredes:

— Volta pra mim, desgraçadinho...

É. Terminar namoro é uma merda. Toda a situação é um saco, desde o momento do término até a hora de recolher as coisas da pessoa que ficaram espalhadas pela casa. Preciso confessar que dei uma arranhada no violão dele com um garfo na hora da raiva (isso foi depois de abraçar a cueca encardida).

Ainda bem que não estou em um reality, porque a cena foi vergonhosa. Fui empacotar as coisas quando cheguei do trabalho, depois de um dia cheio, e ainda estava maquiada. Comecei a chorar, e todo o rímel escorreu pelo meu rosto. Fiquei parecendo um integrante do Kiss. Ou um panda que tinha ido para a guerra. Ou um panda que tinha terminado um namoro.

Também fiz a besteira de espirrar um pouco do perfume do Henrique no meu travesseiro. Aí não consegui dormir pensando no cheiro dele. Acabei tendo que ir para o sofá. Depois lavei a roupa de cama, mas de que adiantava se não dava para tirar o coração do peito para lavar também? Continuei na merda. Que saudade do Henrique.

7 de maio

Puta que pariu. Hoje foi dia de terapia. Levei o diário na bolsa, sabe Deus por quê, e, quando ela pediu para ler, entreguei no impulso. Não tinha arrancado as duas, três, quatro, sei lá quantas páginas em que eu xingava a mulher de vaca, velha etc. Ela leu. Ficou o maior climão no restante da sessão, mas até que ela reagiu bem! Nem me xingou de volta. Pelo contrário, me chamou de querida (com o nariz meio torcido, mas talvez só estivesse com vontade de espirrar) e fez o seguinte comentário:

— Você tem muito ódio no seu coraçãozinho, né?

==JURA? SÉRIO MESMO?== Gênia. Deveria ganhar um prêmio pela constatação. Foi para isso que ela fez faculdade? Para dizer o óbvio? Cacete, até meu porteiro consegue ver que meu coraçãozinho é cheio de ódio. Talvez porque eu tenha mandado o cara tomar no cu quando me avisou que a conta de luz tinha chegado. Mas também porque ele me vê descendo para o trabalho todos os dias com cara de bunda ou com o rosto inchado de tanto chorar quando vou pegar pizza na esquina.

Dei banho na Mimosa. Day off do ateliê, graças a Deus. Um dia sem sentir a odiosa fragrância Chanel nº 5 que a Helena Bissot usa. Minha rinite alérgica agradece.

8 DE MAIO

Querido diário,
Ainda não acredito que não fiquei um dia sequer sem escrever. Não é que a velha estava certa? Isso ajuda mesmo. Ai, puta merda. Chamei a terapeuta de velha de novo.
Oiiii, querida. Só queria dizer que não é pessoal e nada que um botox não resolva. Mil desculpas.
Hoje o dia foi corrido. Tive que ir na casa de três ricaças tirar medidas. Por que elas são sempre tão magras? Cacete, elas já têm cinquenta anos. Não era hora de começar a ter barriga, bunda caída, mamilos apontando para o joelho? Eu, com vinte e seis anos, não tenho aquele corpo sarado delas. O que elas fazem? Ficam mergulhadas numa banheira de formol quatro horas por dia?
Malham, né? Talvez eu devesse começ... Não, sem chance. Odeio academia e quero que todos os marombas entrem em um pote de whey protein e explodam lá dentro. E academia me lembra o Henrique. Ele era desse mundo. Esse negócio de ter que levantar cedo e trocar a cama pela academia é demais para mim.

9 de maio

Querido diário,
    Hoje é sábado e estou com uma baita preguiça. Mimosa fez xixi na minha bota. É só isso mesmo. Falou.

10 DE MAIO

Querido diário,
SOOOONO e Netflix. Falou.

11 de maio

Querido diário,

Eu odeio segunda-feira. Aliás, existe alguém que gosta? E para ajudar o dia estava meio nublado, propício para uma tarde longa de trabalho e depressão.

Acho que hoje eu estava meio chata também. E não venha com um "só *meio* chata"? Engraçadão. Ai, droga. Estou interagindo com um diário.

Enfim, desisti da dieta oficialmente. Esse negócio de suco verde não é mesmo para mim. Mas comi arroz e feijão no almoço. Posso ser considerada saudável? A Denise, minha melhor amiga, almoçou comigo hoje, via FaceTime. Ela também é costureira do ateliê, só que agora está nos Estados Unidos. Foi para lá em um combinado com a própria Helena Bissot para ver alguns desfiles e pesquisar novas tendências. Ela está com um tio que mora em Nova York. A Helena pagou a passagem e ajuda com alimentação e transporte.

Eu e a Denise caímos de paraquedas nesse emprego. A gente se conheceu na faculdade e, justo na época em que todo mundo estava desesperado por um estágio, a Helena chamou nós duas para trabalhar com ela. Ficamos sabendo dessa vaga porque vimos um anúncio em um mural da faculdade, fomos entrevistadas por ela e rolou. No começo era um saco. A gente só servia café, lavava a louça e organizava por cor as peças das coleções novas. Custou para começarmos a fazer algo de útil lá dentro.

Desde então, eu e a Denise somos grudadas, fazemos tudo juntas. Ela está nos States faz uns três meses, e a saudade é grande. Já até nos beijamos em uma festa da faculdade. Mas não lembramos direito, estávamos bêbadas. Um amigo acabou vazando uma foto no Orkut na época. Hoje a gente dá risada, até porque o Orkut morreu e a foto foi junto. Como o cara que fotografou virou pastor, a chance de ele querer publicar uma foto de duas mulheres se beijando no Facebook dele é nula.

Nenhum trabalho novo por enquanto. Mas tenho percebido que a Helena anda de olho em mim. Não sei ao certo se isso é uma boa coisa. Vai ver ela está achando meu trabalho uma droga e está esperando o momento certo para falar, provavelmente quando eu estiver de TPM, nervosa pra caramba, querendo matar todo mundo. Esse tipo de coisa só acontece nessas horas, né?

A Mimosa comeu um sapato meu hoje, mas não tive coragem de brigar com ela. A filha da mãe fez uma carinha fofa que acabou me deixando com o coração derretido, como sempre. Droga de cachorra que consegue me conquistar com um olhar.

Hoje tomei uma decisão: vou entrar no Happn. Não sei nem se quero namorar agora, mas pode ser bom para provocar o Henrique. Ele vai perceber que me ama muito muito muito e me quer de volta. O.k., é meio errado entrar no Happn esperando que um amigo do meu ex me veja por lá e conte para ele. Mas dane-se, vou entrar mesmo assim. Se for um erro, a terapeuta me avisa na próxima sessão.

Às vezes conhecer gente nova pode me ajudar nesse processo. Ainda estou perdida, não sei ao certo por que o Henrique terminou comigo. E ainda por cima por WhatsApp! Nosso namoro não estava em crise até onde lembro. A gente transava até duas vezes por semana, o que é uma média boa para um namoro de três anos, certo?

Conheço casais que namoram há sete meses e estão há seis sem sexo. O.k., talvez seja um pouco de exagero da minha parte, mas existem, sim, casais que não transam. Falta de tesão não era o nosso problema. A gente era bem tarado um pelo outro, inclusive. Tínhamos planos semelhantes, gostávamos de frequentar os mesmos lugares, dos mesmos restaurantes, de filmes de suspense, vinho, suco de goiaba, pudim de leite, ovo de codorna, doce de abóbora, bolo de coco... Acho até que foi por isso que nós dois engordamos um pouco (até ele entrar na maldita vida fitness).

Eu continuo com meu culote como lembrança desse namoro. Droga. Mas prefiro chamar de bundinha. Não é culote. É uma bundinha que deveria estar na região dos glúteos, mas deu uma leve escapadinha para o lado. Tipo um caminhão que derrapa na pista e vai parar no acostamento, sabe?

12 DE MAIO

Querido diário,

Estou com medo. Helena me chamou para uma conversa na sala dela amanhã. Não tem como ser coisa boa. Ainda mais vindo dela. E a cara que ela fez quando me chamou não foi nada boa. Disse que precisava "levar um papo" comigo. Se bem que ela "veste" uma carranca naturalmente, além dos casacos Prada. Não tenho a menor ideia do que pode ser. Espero não ter costurado os bolsos de nenhuma peça dela. Ou vou estar ferrada AND desempregada.

A Denise entrou no Happn também e hoje jantou com um americano. Disse que foi um saco.

— Amiga, ele cuspia enquanto falava!

— Qual é o problema? Você também cospe — retruquei. Silêncio.

— O.k., tô brincando — eu disse.

— Ufa! — a Denise suspirou aliviada.

— Você não cospe sempre, só às vezes. — Rimos juntas ao telefone. — E aí? Vai querer um segundo date com ele?

— Sem chance. Além de cuspir, ele é o tipo de cara que fica mandando imagens de ursinhos com mensagens motivacionais no WhatsApp.

— Minha mãe faz isso.

— Exatamente, é coisa de mãe. De gente velha, sabe? Tudo bem que a gente está quase nos trinta...

— CALA BOCA! — gritei.

— Que foi? — perguntou a Denise, assustada.

— Não envelhece a gente antes da hora. A gente tem vinte e seis. E isso não é quase trinta!

— É, sim!

— Teu cu! — gritei.

— Sara, estamos mais perto dos trinta do que dos vinte!

— Assim como minha mão vai estar mais perto da sua cara se você falar isso de novo.

— Que paranoia. Qual é o problema de envelhecer? Do que você tem medo?

— De ficar sozinha.

— Mas vou ser sua amiga pra sempre.

— Fofo, mas foda-se. Não é desse tipo de sozinha que estou falando. Quero dizer solteira.

— PELO AMOR DE DEEUUUUSSSS! — Denise levantou a voz, meio de saco cheio.

— Já sei... Você vai me dizer que o...

— O Henrique é só mais um cara que passou pela sua vida. Você teve outros namorados, isso é natural. Namoros começam e terminam todos os dias em todas as partes do mundo. Você não é a única coitadinha que levou um pé na bunda.

— Coitadinha? — perguntei.

— É. Quer dizer... — Denise gaguejou. — Eu disse "queridinha", você ouviu errado.

— Humm. Concordo, mas você sabe que o jeito como ele terminou comigo foi muito escroto.

— Eu sei, amiga, eu sei. Mas acontece todos os dias. Até a Katy Perry já levou um pé na bunda por sms.

— Uau… Então quem sou eu para reclamar?

— E ainda estavam filmando. Foi um bafafá! Ela chorou em frente das câmeras e tudo… — Denise contou enquanto mastigava alguma coisa.

— Tadinha.

— Pois é. Mas aí depois ela conheceu o gato do John Mayer.

— E também deu merda — retruquei.

— Você quer que eu repita o que eu acabei de dizer, que namoros começam e terminam o tempo todo, no mundo inteiro?

— Não — respondi, mal-humorada. — Se a vida seguir a mesma ordem eu vou pegar tipo um George Clooney?

— Muito velho para você.

— Ué, você não disse que temos quase trinta?

— É, mas ele tem uns setenta, não?

— Cala a boca, que conta é essa? Estamos em 2017. Ele deve ter uns… Ah, dane-se. Ei, tenho que desligar. A Mimosa pegou meu chinelo, ela tá terrível ultimamente. Beijo!

— Vai lá, sra. Clooney.

Denise me deixa mais calma. Ela sempre está de bom humor e me ajuda a resolver todas as situações. Eu queria ser assim. Calma. Sou extremamente ansiosa. Tenho medo do que o futuro me reserva. Vou me sentir uma fracassada se não estiver casada até os trinta. Maldita mídia. Eles mostram todas as atrizes de Hollywood superfelizes, bem-sucedidas, bem-casadas, bem comidas e bem grávidas geralmente antes dos trinta! Então acabo surtando e achando que esse é o certo. Talvez não seja. Mas já baixei o Happn. Então não custa nada tentar achar alguém.

Abri o aplicativo e logo de cara apareceu meu primo. Como não sabia mexer naquilo, porque estava ocupada nos últimos três anos sendo fiel, eu me atrapalhei e apertei um coração de cara. AI, PUTA QUE PARIU, deu crush com meu primo! Sempre achei que ele queria me comer.

Vai ser o maior climão na próxima vez que a gente se vir num almoço de família. O cara vai achar que estou querendo dar para ele. O que, pensando bem, talvez não seja uma ideia tão ruim assim, afinal... ECA, NÃO. NÃO. CRESCEMOS JUNTOS, ECA. Não consigo esquecer a imagem dele tirando meleca do nariz. Mesmo tendo crescido e se transformado num gato do cacete. Esquece, Sara. Primo não.

O próximo que apareceu na tela chamava Roger. Era bonito, mas estava cheio de rugas para a idade que dizia ter: trinta. Fiquei desconfiada. Apesar do sorriso sedutor, foi um "não". Comecei a me sentir uma jurada do *The Voice*. Dava "coração" para os gatos e "xis" para os que não gostava. E assim foi até as quatro da manhã.

PUTA MERDA! Quatro horas! Tá de sacanagem??? Acordo às oito para chegar às nove no ateliê. E amanhã é o dia da conversa com a Helena Chatô. Cara, que burra. Gastei horas da minha vida tentando achar um marido e tudo o que consegui foi uma mensagem dizendo: "E aí, gatinha, curte grupal?".

    Ai, Deus, me fala, o que foi que eu fiz para o Senhor?

13 de maio

QUERIDO DIÁÁÁRIOOOOOOOO, MEU DEUS!
NÃO ACREDITO ATÉ AGORA NO QUE ME ACONTECEU! A conversa com a Helena? MARAVILHOSA! Fui praticamente promovida! Antes eu era mais uma costureira de roupas de luxo. Ou seja, tudo o que eu fazia ia parar nas lojas ou era exportado. O negócio já era bacana (tá, eu sei que reclamava do meu trabalho, mas era um pouco de exagero), só que daqui para a frente vou trabalhar com exclusividade para uma das socialites mais conhecidas do país!

A Gio Bresser! Sabe? Aquela linda, alta, loira, olhos claros, cabelo de Gisele. Ela é quase igual à Gisele mesmo. Só que tem um bocão enorme. Um nariz tortinho que dá um charme ao rosto angelical. E maçãs do rosto saltadas. Ela está sempre fazendo leilões com suas joias caríssimas e doando o dinheiro para instituições beneficentes. Tem trinta e oito anos, com carinha de vinte e dois, e é viúva, perdeu o marido faz dois anos. É uma lady!

Eu pesquisei tudo, tudinho sobre ela. Tem um metro e setenta e oito de altura, setenta e nove de busto, cinquenta e nove de cintura, oitenta e sete de quadril. É esculpida, malha pra caramba e ama cachorros, o que significa que, se ficarmos amigas e íntimas, vou poder levar a Mimosa para trabalhar comigo! Descobri tudo isso no Google, óbvio. O site dela é superdinâmico e interativo, tem até um joguinho em que você toma champanhe com ela! Confesso que fiquei meia hora jogando. Ai, respira, Sara, respira. Estou tão empolgada!

A Gio fechou um contrato com o ateliê, o que significa que a Helena vai desenhar peças exclusivas e que ela não vestirá nenhuma outra grife. Dizem que ela é uma fofa! E vamos nos ver praticamente todos os dias. A ideia é refazer todo o guarda-roupa dela antes da próxima revista com a Gio na capa. E das viagens internacionais que ela faz toda hora visitando semanas da moda importantes. Temos pouco tempo, mas dou conta. Amanhã vou até a casa dela. Yessssss! Que dia feliz!

Entrei no Happn hoje, nada de muito especial. Dei crush com alguns caras que vieram puxar assunto. Todos meio bobões, não sabem conversar direito.

Estou ansiosa para o dia de amanhã. Beijinhos! Ai, cacete. Acabei de mandar beijos para um diário. Estou precisando ver mais pornô, isso sim. Enfim, falou.

14 DE MAIO

Fiz pole dance na cruz. É oficial.

Fui na casa da Gio Bresser. Só que cheguei lá e ela não estava sozinha.

— Oi, você deve ser a costureira. Entra. A dona Gio já vai descer — disse sorrindo a empregada assim que abriu a porta.

— Obrigada.

Fiquei embasbacada com quão maravilhoso era aquele lugar. Parecia que eu estava em um cenário dos estúdios da Warner. Daria facilmente para fazer um filme naquela casa. Tudo era perfeito e de ótimo gosto. A começar pelo pé-direito da casa, que era aaaalto. Tinha um lustre de cristal enorme pendurado. Quando batia a luz do sol ele brilhava ainda mais, espalhando reflexos pela casa inteira.

E aquilo deixava o ambiente tão para cima! O papel de parede era claro e bem sutil, mas fazia toda a diferença. Os móveis eram envernizados e havia vasos de flores espalhados por toda parte. Rosas, tulipas, margaridas, girassóis. Todos os tipos.

Era tudo perfeito. Tinha uma estátua enorme, meio grega, no centro da sala. Nunca entendi muito bem por que os ricos gostam dessas estátuas de caras com pinto pequeno fazendo uma pose estranha. Mas na casa da Gio Bresser até o pintinho reluzia. Fiquei com vontade de ter uma estátua de micropênis no meu apartamento alugado de setenta metros quadrados.

O piso era de mármore, meio clichê. Se é rico, o piso da casa tem que ser de mármore. Deve ser uma regra. Um tapete roxo e longo cobria grande parte do chão branco, aos pés da escada, que era daquelas que faziam uma curva. Típica de rico também. Os degraus tinham carpete e o corrimão era preto. Parece meio brega do jeito que estou contando, e talvez seja mesmo. Mas achei tudo muito lindo.

Sentei em uma poltrona perto da escada e fiquei aguardando minha nova cliente. Costurar exclusivamente para alguém parecia ser muito legal, e eu ouvi dizer que a Gio Bresser já tinha dado oportunidades para que desconhecidas lançassem seus modelos. Ela se dispõe a vestir e ainda divulga. Bomba no Instagram. Tem sei lá quantos milhões de seguidores. Todos querem saber sobre o lifestyle dela. Ela posta look do dia, fotos malhando, dos cachorros, das ações beneficentes... Minha ideia era conquistar essa mulher. Quem sabe um dia ela usaria um vestido meu?

— Jussara? — ouvi uma voz angelical me chamando.

Levantei num pulo e lá estava ela. Aos pés da escada, usando um robe branco de seda. Os cabelos loiros estavam soltos e a pele viçosa tinha um brilho natural, mas que era óbvio que pertencia a alguém que frequentava o dermatologista pelo menos três vezes na semana e fazia os melhores procedimentos estéticos. E também aquele lance de ficar quatro horas por dia dentro de uma banheira com formol. Ela estava com cara de quem tinha acordado fazia pouco, mas continuava linda.

— Olá, muito prazer. Pode me chamar de Sara.
— Sara, você é adorável. Adorei seu cabelo ruivo. É natural?
— Não, senhora. É pintado.
— Parabéns para o cabeleireiro.
— Eu pinto sozinha em casa...
— Puxa, então além de costureira você também tem um dom estético? Bom saber. Vou te chamar para passar tonalizante em mim — ela riu.

Nos demos bem. Eu estava com a mão um pouco suada de nervoso. Afinal, a mulher é um ícone. Confesso. Sempre a achei um exemplo por todas as boas ações em que se envolve. É uma socialite, mas não uma babaca. E às vezes usar "socialite" e "babaca" na mesma frase parece pleonasmo, né?

Rimos e conversamos até sobre a Mimosa. Mostrei uma foto e ela elogiou. Disse que era uma vira-lata linda. Aliás, a Gio Bresser tem dois vira-latas, que ficam na casa dela no Rio de Janeiro. Ela tem um jatinho e traz os cachorros para São Paulo de vez em quando.

Tirei todas as medidas dela enquanto as empregadas serviam café da tarde com um biscoitinho amanteigado delicioso. Tudo sem lactose e sem glúten, porque a Gio Bresser é chique e quase vegetariana. Alguma coisa assim. Então a campainha tocou e o silêncio tomou conta da sala. Uma empregada abriu a porta e um homem entrou.

— Sara, querida. Esse é meu namorado.

Fiquei parada encarando, com a boca meio entreaberta. Cheguei a sentir uma tontura e a imagem dos dois ficou até distorcida. Foi um soco na boca do estômago.

— O nome dele é Henrique.

Ficamos os dois nos encarando sem acreditar na situação. A coisa mais improvável e bosta possível estava me acontecendo! Minha mão suava mais ainda. Não era mais de nervoso, e sim de raiva. Vontade de voar e dar um tapa na cara dele. Meu estômago embrulhou na mesma hora, o coração disparou e tive que segurar o choro mais do que minha avó segura um peido na igreja. Gio Bresser percebeu que eu estava visivelmente desconfortável.

— Sara, está tudo bem? — ela perguntou.

Eu conseguia ouvir sua voz ao longe e sabia que deveria ter alguma reação. Esbocei um sorriso, tentando não demonstrar que estava morrendo por dentro, mas senti uma tontura tão forte que tive que me apoiar na poltrona por alguns segundos. Só então percebi que estava prendendo a respiração. A única reação que consegui ter foi emitir um gemido de expiração depois de tanto tempo segurando o ar.

— Vocês já se conhecem? — ela perguntou.

Dissemos ao mesmo tempo:

— Sim.

— Não.

E então:

— Não.

— Sim.

— Estou confusa... Vocês se conhecem ou não?

— Sim, somos amigos de infância... — respondi o mais rápido que consegui antes que o Henrique falasse alguma besteira.

Eu estaria ferrada se a Gio Bresser descobrisse que o Henrique era meu ex-namorado. Ela provavelmente não ia mais querer trabalhar comigo. E eu perderia a chance de no futuro talvez trabalhar com o que eu amava, desenhando roupas. Parei para pensar por três segundos: o filho da puta por quem eu sofria já tinha três meses terminou um relacionamento de três anos comigo para ficar com a mulher mais incrível possível. Tchau, autoestima. Nos vemos daqui a uns anos, quem sabe?

— Oi — disse Henrique, meio cínico, estendendo a mão.

— Oi — respondi com os dentes cerrados, forçando um sorriso. Apertei a mão dele com a maior raiva possível.

— Que bom poder promover esse reencontro! — disse Gio, animada.

E que reencontro. Henrique percebeu que minha mão estava suada. Eu só queria dar uma chave de braço nele (e depois um beijinho pra sarar). Que confusão de sentimentos. Ficamos com as mãos coladas, "nos cumprimentando" por mais tempo do que deveríamos.

— Henrique, meu amor, será que pode me esperar no quarto? Vou pedir para o motorista pegar nosso Porsche para ir até a casa da mamãe.

PORSCHE? P.O.R.S.C.H.E? *NOSSO* PORSCHE?

— Teu cu... — balbuciei baixinho, desacreditada.

— O que você disse, querida? — perguntou Gio Bresser da forma mais solícita possível.

— Ah, nada. Que cool! Sabe? Cool, "legal" em inglês...

Ri meio nervosa enquanto me livrava da mão de Henrique e enxugava o suor na saia.

Ele subiu as escadas. Aliás, que terno maravilhoso era aquele? Henrique nunca usou terno quando estava comigo, a não ser para ir a um casamento de uns amigos dele. Nem pudemos nos divertir porque deu uma confusão enorme e a noiva fugiu com outro cara durante a cerimônia, o que não vem ao caso agora. O fato era: ele estava usando um terno. Com cara de importado. Italiano. E caro. Eu trabalho com isso, sei reconhecer de longe uma roupa boa. Henrique não tem grana para bancar aquilo sozinho. Além de dividir um Porsche com o namorado, a Gio dava roupas caras para ele.

Perdi o chão por uns minutos. Por horas, na verdade. Mais tarde, depois de toda a saia justa e uma encenação da minha parte digna de Oscar para não deixar a peteca cair, liguei para a Denise de casa.

— CARALHOOOOOO — ela berrava do outro lado da linha.

— EU SEIIII.

— MEU DEUSSSS!

Denise não parava de gritar.

— EU SEIIII.

Nem eu.

— Sara, o Henrique é o maior um-sete-um do ano. Não estou nem acreditando.

— **NEM ME FALA.** Estou passando mal até agora. Você tem noção?

— Não, eu não tenho noção. Estou mal por você. Nossa! No seu lugar, já teria me matado.

— Uau, valeu pelas palavras de carinho e apoio. Ajudam muito.

— Ai, desculpa. É que... — Denise ficou sem palavras, se sentindo culpada e meio sem graça.

— Eu sei. Foi um puta choque. E agora, mais do que nunca, tenho o maior e melhor motivo para desistir dele. Mas é tão triste saber que vivi uma mentira por três anos — choraminguei.

— Ei, calma. Não foram mentiras.

— Ah, não, Denise? Namorar três anos alguém, dividir planos e sonhos, pra depois ele terminar comigo por WhatsApp, sumir do mundo e de repente brotar na minha frente assim? Que amor era esse?

Àquela altura as lágrimas já escorriam pelo meu rosto.

Silêncio. Denise ficou muda. O fato era: eu estava oficialmente na merda. E com a autoestima na merda também. E com quase trinta. E encalhada.

Parece que nessas horas eu fico acéfala. Decidi mexer numa gaveta em que guardava algumas fotos e os poemas que ele escrevia para mim. Devia ter queimado tudo, isso sim. Mas achava que a gente voltaria a ficar junto um dia. Que meu interfone tocaria de madrugada e seria o Henrique, confessando ter cometido o maior equívoco da vida dele e me pedindo para voltar. Eu aceitaria, lógico. Mas depois dessa sequência de mancadas e mágoas, já era.

O primeiro poema era de março de 2014. Tínhamos acabado de nos conhecer. Ele escreveu em um guardanapo de um café de Moema. Virou nosso lugar preferido.

Fala sem parar
E fico bobo a imaginar
Quantos anos da minha vida
Eu perdi
Sem ter você por aqui.
Estou feliz em te conhecer
E sentir esse amor nascer.

O desgraçado falava de amor. Lembro que eu vivia perguntando para ele: o que é amor para você? E o Henrique nunca soube responder sem que fosse em forma de poesia. Eu achava aquilo lindo, mas hoje penso que é uma farsa. Se ele me entregasse de novo um poema sobre o que é amar, eu provavelmente vomitaria na cara dele.

Achei outra poesia, de setembro de 2014.

O sol bate em seus cabelos,
os fios ruivos balançam com o vento.
Meu coração balança junto,
não te aguento com tamanha
Doçura.
Hoje sei que te amo,

E que te quero por perto.
Vamos pro deserto?
Perder-nos em nós mesmos,
deixa eu me perder
nos nós dos teus cabelos?

    Aquele era fofo-brega. Sei lá o que ele viu de tão especial no meu cabelo para querer falar disso. O Henrique era assim. Via beleza onde eu só enxergava um cabelo ruivo que precisava de tonalizante a cada quinze dias. Ele me olhava e seus olhos brilhavam. Como aquele cara virou um cuzão do dia para a noite?

    Fechei a gaveta. Que se danem os poemas. Suspirei e respirei fundo umas três vezes. Tive vontade de chorar e até de ligar para ele. Mas me segurei. Imagina a mancada? "Oi, tudo bem? Resolvi remexer no nosso passado e agora estou aqui agarrada na Mimosa fingindo que ela é você. Tem como voltar no tempo e você ser o Henrique que eu conhecia? Grata."

    Já era. Supera, Jussara, supera!

15 de maio

Oi, diário. "Querido" é o cacete. Ninguém é "querido" aqui.

Acordei achando tudo uma bosta. E estava chovendo. Devo ter hackeado o Instagram de Jesus para merecer isso. Ter que me arrumar para dar de cara com meu ex, que namora minha única cliente. Ótimo, que dia feliz. Levantei da cama pisando firme, com ódio, me vesti no escuro (literalmente, porque estava com enxaqueca), passei reto pela cozinha (nem tomei café), peguei minha bolsa e fui em direção à porta.

Quando a bati e virei para trancar, caiu a ficha: eu não podia me abandonar. Homem nenhum merece que eu deixe de me importar comigo mesma. Henrique? Caguei. Voltei para o banheiro, liguei o babyliss e ajeitei meu cabelo de uma maneira moderninha-descolada-já-te-superei.

Passei rímel com tanto ódio que cheguei a enfiar o pincel dentro do olho. O que fez com que eu borrasse a maquiagem e me atrasasse alguns minutos. Depois de rebocar a cara — nada muito exagerado, só o suficiente para parecer que eu tive uma noite de sono digna — , passei um batom vermelho e peguei um macaquinho branco. Joguei um blazer por cima, coloquei minhas botinhas de guerra, surradas mas confortáveis, meus brincos de argola e entupi as mãos de anéis.

Enfiei um chiclete na boca. Afinal, o hálito também tinha que ser de uma pessoa limpa, apesar de não ter tomado banho nem trocado a calcinha. Talvez você esteja com nojo agora, diário. Mas, em minha defesa, tomei banho antes de dormir. E você bem sabe que não tive nenhuma grande aventura que exigisse um sabonete. Minha noite de sono obviamente não foi das melhores. Foi uma sucessão de pesadelos com o Henrique e a Gio Bresser. Mas, antes de sair, pelo menos passei um perfume, que por sinal foi o filho da mãe do Henrique que me deu no meu último aniversário.

Eu estava tão decidida a recuperar minha autoestima mesmo depois do fora mais feio da história que saí pisando confiante na rua. E fiz sucesso. Percebi que alguns pescoços viravam quando eu passava, e cheguei até a ouvir dois caras que passaram por mim comentando meio baixinho:

— Gata, né?

Cheguei na casa da Gio Bresser e ela veio ao meu encontro toda feliz.

— Oi, querida! Que bom que você está aqui! — exclamou.

— Puxa, obriga...

— O Henrique me falou muito de você! — ela me cortou.

Silêncio. Fiquei atônita olhando para a encarnação da loirice perfeita na minha frente. Por que ela estava tão feliz? O que tinha de tão divertido na história que ele provavelmente tinha inventado?

— Ah, é? Falou? — perguntei, extremamente desconfiada.

— Falou! E muito bem! Contou que você era apaixonadíssima por ele quando eram pequetitos! E que fazia desenho dos dois juntos. Hahuha! Achei tão fofo! Como são as coisas, né? Ainda bem que hoje você já não é mais apaixonadinha pelo meu love, né? Hahahaha!

ELE DISSE O QUÊ? Que eu era apaixonada por ele na infância? Eu já estava com meus dois punhos firmes para socar a cara daquele cretino quando aparecesse na minha frente.

— Ele disse isso? — perguntei com os dentes cerrados, fingindo um sorriso surpreso.

— Disse, mas não se envergonhe! Achei uma fofura essa história. Ele também comentou que você adora cachorros de rua. Amei você, querida!

Gio se divertia com a história.

Filho da puta desgraçado.

Mas pelo menos ele tocou no assunto dos cachorros, o que serviu de brecha para eu falar dos dela.

— Ah, Gio, que demais ele ter te falado isso. Mas agora me conta de você. Quero saber tudo sobre os seus vira-latinhas!

Minha intenção era fugir das histórias do Henrique. Falar dele ia me deixar nervosa, e o que eu queria era me aproximar da Gio. Só assim eu teria chance de mostrar minhas roupas, e quem sabe um dia ela as usasse?

Gio falou sobre os cachorros. Falou também das missões na África, ajudando crianças carentes. Ela era realmente encantadora. Não era à toa que o Henrique tinha se apaixonado por ela. Eu mesma estava quase apaixonada por aquela mulher.

44

Por incrível que pareça, não senti raiva dela em nenhum momento. Só senti raiva do Henrique. Afinal, ninguém tem culpa de ser linda e incrível como a Gio. O grande problema não era ele já estar namorando uma mulher maravilhosa, e sim ter terminado um relacionamento de três anos comigo via WhatsApp. Aquela era minha maior frustração. Mesmo despedaçada, mantive a compostura e continuamos o papo. Nos identificávamos cada vez mais. Até que a campainha tocou.

Era ele. Com outro terno, a barba feita e o cabelo recém-cortado. Henrique me olhou de longe e por um instante tive a impressão de que ficou baqueado. Ele provavelmente não esperava me ver tão arrumada. E eu sabia que amava quando eu usava batom vermelho.

— Oi, meu amor.

Ele beijou a Gio na minha frente e eu me senti um pouco enojada, apesar do coração despedaçado.

— Oi, querido. Onde você estava? — ela perguntou.

— Na barbearia. Gostou? — ele perguntou sedutor, segurando o rosto dela.

— Amei!

Mais um beijo. Meu estômago embrulhou de novo.

— Henrique, a Gio me contou que você falou das nossas histórias para ela — provoquei, sem conseguir me conter.

— Histórias? — ele perguntou meio nervoso.

— Sim. Lembra? — provoquei um pouco mais.

Ele engoliu em seco.

— Henrique, não se faça de tolo. Nossas histórias de infância, de como eu era apaixonada por você.

Ri descontraída, mas, assim que os olhos da Gio não estavam mais em mim, fiquei séria e o encarei.

— Ahhh — ele suspirou aliviado. — Aquelas histórias? Pois é. Contei. Achei melhor não esconder nada do meu chuchuzinho — ele disse enquanto acariciava o rosto da Gio.

Era oficial: ele era o maior filho da puta da história. Senti pena da Gio, que estava tão feliz ao lado dele, sem fazer ideia da verdadeira situação. A conversa não durou muito tempo mais. Só quis provocar aquele desgraçado para que experimentasse um por cento da sensação de desconforto que eu estava sentindo nas últimas vinte e quatro horas.

16 DE MAIO

Querido diário,
Hoje estou mais calma. E preciso fazer uma confissão: gostei de provocar o Henrique.
Decidi que vou me arrumar cada vez melhor. Por isso, repeti o que fiz ontem. Ajeitei o cabelo, passei batom vermelho e rímel (dessa vez sem enfiar o pincel no olho) e vesti uma calça jeans com um blusão estampado. Completei com uma bota preta confortável de salto e uma bolsa também preta. E lá fui eu, com fita métrica e um bocado de autoconfiança instável dentro da bolsa.
Não sabia se o fato de estar me arrumando tanto assim para encontrar meu ex-namorado era algo bom ou ruim. Tinha até medo do que aquilo podia acarretar, mas segui com o plano. Não queria que ele sentisse o gostinho de saber que eu estava sofrendo.
Saí de casa pisando firme novamente. Arrasando. Mas não por muito tempo. Uma lata de tinta azul veio ao meu encontro e eu nem entendi direito como. Só senti que me manchou inteira, cobrindo até meu rosto. Quando virei de costas para ver de onde tinha vindo, pronta para mandar

tomar no cu o responsável pela tragédia, alguém me segurou pelos ombros.

— Desculpa. Você tá bem?

Em meio a toda aquela tinta, nem consegui enxergar quem estava na minha frente. Percebi que era um homem alto. E só. Não reparei na fisionomia. Tinha respingado tinta no meu olho e eu enxergava com dificuldade. Só vi que ele estava com uma bicicleta e carregava latas de tinta na cestinha da frente.

— Você tá louco? — gritei, esfregando os olhos.

— Desculpa, sou muito desastrado. Posso ajudar?

— Como?

— Não sei. Meu apartamento fica nessa rua. Você pode subir e se limpar, se quiser — ele respondeu com uma voz grave.

— Ah, tá! Tá bom, claro! Vou, sim. Seu pervertido! É isso que você...

Meus resmungos sarcásticos foram interrompidos.

— Calma, só queria ajudar. Acho que é melhor eu ir embora então.

Ele subiu na bicicleta e...

— AI, MEU PÉ! — gritei. — Puta que pariu! Sério, QUAL É O SEU PROBLEMA?

A anta do cara que tinha jogado uma lata de tinta em mim acabara de derrubar outra no meu pé.

— Ai, meu Deus. Desculpa. Você precisa ir pro hospital? — ele perguntou.

— Eu preciso que você suma! — gritei, morrendo de dor.

— Tudo bem, é melhor mesmo. De qualquer forma, desculpa. Se precisar de alguma ajuda ou que eu pague o raio X, me liga. Vou te dar meu cartão.

— Enfia esse cartão no...

E fui embora. Parecia uma Smurf andando pela rua. Uma Smurf meio manca. Com certeza postei nudes na fanpage de Jesus, não é possível. Estava atrasadíssima, então tive que ir para o trabalho fantasiada de Smurf. A empregada da Gio me recebeu na porta com cara de surpresa, e eu fui logo pedindo uma toalha. Fui até o banheiro para ver o tamanho do estrago. Era enorme. Até meu cabelo estava manchado. Eu não tinha como evitar o constrangimento.

— Sara, querida! O que houve? — Gio perguntou ao chegar.

— Nem queira saber — eu disse, rindo. — Mas estou com as mãos e os braços limpos. Podemos continuar o trabalho!

— Não quer tomar um banho?

— Não precisa. Hoje termino rápido aqui e vou mais cedo para casa, se a senhora não se importar.

— Não precisa me chamar de senhora. E é claro que você pode ir embora mais cedo.

Ela sorriu angelicalmente.

Obviamente Henrique apareceu para arruinar o dia de vez. Eu estava na cozinha tomando um café quando ele chegou por trás e deu um peteleco na minha cintura.

— Fantasiada de Avatar?

— Vai se ferrar — resmunguei.

— O que aconteceu?

Por um segundo esqueci completamente que era uma Smurf. "O que aconteceu?" ecoou na minha mente. Como assim? Ele ainda perguntava?

— O que aconteceu? Você termina comigo por mensagem, aparece namorando uma das socialites mais ricas do país e ainda me pergunta o que aconteceu?

— Na real eu só queria saber por que você estava azul... — Ele suspirou. — Olha, foi mal... Minha atitude talvez não tenha sido das melhores.

— Talvez não tenha sido das melhores? Você me largou depois de ter feito planos de casamento comigo, Henrique!

— O.k., corrigindo. Minha atitude não foi a melhor. Mas sabe como é...

— Não, Henrique. Eu não sei como é. Não sei como é não ter caráter, sumir e deixar alguém com quem você planejou uma vida junto completamente perdida.

— É que eu não estava mais conseguindo — ele disse.

— Ah, não? Então talvez você pudesse ter falado isso olhando nos meus olhos três meses atrás. Era só ter aberto o jogo. A gente podia ter tentado se entender. Acho que agora é meio tarde para me dizer que o relacionamento não estava mais valendo a pena pra você, né?

Percebi que estava erguendo a voz e me controlei.

Silêncio. Muito silêncio. Senti lágrimas escorrendo pelo rosto.

— Sara, eu ainda te amo. Penso em você todos os dias, desde a hora em que acordo até quando vou dormir. Tento achar você na Gio e me frustro diariamente porque ela não é você — ele desabafou.

— E por que diabos então você foi embora?

— É complicado... — ele disse, abaixando a cabeça.

— Sabe o que é complicado? Terminar um namoro de três anos por WhatsApp.

— E você acha que eu teria coragem de terminar olhando nos seus olhos? Nunca!

— Mas por que terminou se me ama? Que amor é esse?

— É um amor doido e doído.

Lá vinha ele, cheio de palavras bonitas. A atitude, porém, era feia. Eu só queria saber uma coisa.

— Henrique, responde minha pergunta. Que amor é esse?

— Sabe, Sara? Essa história de você vir trabalhar para a Gio me pegou de surpresa — ele disse, suspirando.

— Ah, e você acha que não aconteceu o mesmo comigo? — Mais silêncio. — Nosso namoro estava indo bem. O que foi que aconteceu?

Eu sentia tanta raiva que minhas mãos estavam fechadas em punho. Só percebi isso quando ele as segurou e depois soltou.

— Sara, eu te amo e você foi e sempre vai ser a mulher da minha vida — Henrique disse com a voz embargada, olhando nos meus olhos.

— Então por que não estamos juntos?

Apertei seu braço num ato meio desesperado.

Ele respirou profundamente.

— Porque nós dois juntos não conseguiríamos bancar o estilo de vida que queremos ter.

— Que queremos ter? Ou que você quer ter? Espera: você quer uma mulher que te sustente enquanto você encontra sua "arte". É isso?

Henrique ficou calado, sem confirmar e sem negar. Eu me encostei no balcão da cozinha. Fui ficando nauseada. Não consegui acreditar que depois daqueles três anos ele esperou que eu fosse bancar a vida que ele queria. Eu achei que estivéssemos construindo uma relação. Que os dois seriam responsáveis pelas contas.

Para mim, era um conto de fadas que tinha se tornado realidade. Levávamos a Mimosa para passear aos domingos no parque Villa-Lobos e ficávamos rindo à toa, sem hora para voltar para casa. Dormíamos de conchinha contando quantas motos passavam na nossa rua barulhenta em Moema, do nosso apê alugado de setenta metros quadrados. Cozinhávamos penne ao molho funghi, nosso prato preferido, enquanto ouvíamos jazz. Fazíamos bate e volta para a praia na loucura do fim do dia, só para poder rolar na areia e nos beijar como nos filmes. Depois ele gritava: "Eu amo a Sara e acho que todos deveriam saber disso!". Passávamos o fim de semana enfurnados em casa, assistindo a seriados enquanto comíamos marshmallow com geleia de morango (que ele amava).

Achei que nossa história teria continuação. Que economizaríamos para ir para Paris (ele também queria). E, de repente, recebo a informação de que eu não estava dando conta de bancar o cara. Respirei fundo, mais lágrimas escorriam pelo meu rosto. Henrique as segurou com o indicador.

— Você esperava que eu te sustentasse? — minha voz saiu baixinha.

— Não é bem isso. Mas viver na pindaíba estava me deixando deprimido.

— Você nunca me contou que sua depressão era por causa disso.

Minha voz ainda saía com dificuldade, de tão comprimido que estava meu peito.

— Não era difícil de adivinhar. Eu, um poeta frustrado e desempregado. Você trabalhando como costureira, com sonhos impossíveis...

Eu o interrompi na mesma hora.

— Peraí. Se você é frustrado, o problema é seu. Não vem querer dizer que meus sonhos são impossíveis.

As lágrimas continuaram rolando, mas eu empurrei a mão dele.

Silêncio de novo.

— Que nojo de você — falei, e me afastei em direção à sala enquanto eu mesma enxugava as minhas lágrimas.

Naquele dia cheguei em casa derrotada e extremamente decepcionada. Minha energia estava baixa. Eu suspirava angustiada e segurava o choro. Só queria gritar e soltar toda aquela raiva, que me contaminava. E foi o que fiz. Liguei o chuveiro e deixei a tinta azul escorrer com minhas lágrimas pelo corpo. Chorei, chorei, chorei pra caramba. Chorei até não ter mais nada em mim. Saí do banho com a cara inchada, parecendo um muffin. Minha raiva me enfeitiçou por alguns minutos e me fez sentir uma (falsa) sensação de "bola pra frente".

Entrei no Happn. Comecei a avaliar todo mundo, até que deparei com um cara chamado Tiago, de trinta e cinco anos. Muito charmoso, com sorriso bonito, nariz de italiano, barba por fazer. O cabelo era liso, meio bagunçado, e ele usava um blusão de lã bege. Tinha olhos cor de mel. Apertei "coração" e... deu crush! O cara também tinha me curtido.

E aí?, ele escreveu na hora.

Oi, respondi.

Tudo bem?

Honestamente?

Sim. Haha.

Não. Tempestade de merda. Fui abandonada por mensagem por um cara que agora está namorando outra mulher. E hoje eu descobri que foi por causa de dinheiro. Acredita?

Ótimo jeito de iniciar um flerte no Happn, garota. Parabéns. Vai desencalhar, sim. Só que não.

Uau, ele respondeu.

Quê?

Você parece bem chateada.

E estou mesmo. Pra ajudar, trabalho pra namorada dele. E hoje antes do trabalho um imbecil jogou uma lata de tinta em mim. E derrubou outra no meu pé.

Ele não jogou uma lata. Escorregou da mão dele. E a outra caiu. E só um cara atrapalhado.

Não respondi. Olhei para os lados, desconfortável, e de repente a ideia de estar em um reality não me pareceu tão distante. Senti que estava sendo vigiada.

Como sabe do que eu estou falando?

Eu sou o imbecil.

Qual era a chance de aquilo acontecer? Fiquei boquiaberta olhando para a tela do celular. Ele voltou a digitar.

Desculpa de novo.

Fiquei parada, sem saber o que responder. Quer dizer que aquele par de olhos cor de mel tinha sido o responsável por derrubar tinta em mim?

Nem sujou tanto! =P

Você ainda parece brava. E pareceu bem suja na hora.

Dei um leve sorriso olhando para a tela do celular, ainda sem acreditar no que estava acontecendo.

Talvez eu tenha ficado um pouco brava na hora.

Não está mais brava agora?

Não.

Que pena.

Por quê?

Aí eu poderia ir pessoalmente te pedir desculpas.

Mais um sorriso.

Tá, então eu tô brava.

Nesse caso preciso ver você.

Quando?

Amanhã você pode?

E estava marcado. Amanhã, oito e meia, ele vem me buscar.

17 de maio

Nada de novo no trabalho. Gio sempre adorável, Henrique e eu com cara de bunda. Mas, apesar de tudo, eu queria me dar uma chance de ser feliz. Então estava levemente empolgada para conhecer o par de olhos cor de mel à noite. Estava saindo do trabalho correndo quando Henrique tentou me puxar para conversar.

— Sara... — ele disse, vindo na minha direção.

Meu coração deu uma acelerada e suei frio por alguns segundos.

— O que foi? — perguntei, ríspida.

— Será que a gente pode conversar? — ele perguntou.

— Não.

E saí, batendo a porta na cara dele. Não posso negar que fiquei tentando adivinhar o que ele queria falar, mas decidi que nada ia me abalar. Eu tinha que focar em estar linda e nem um pouco azul para encontrar meu date do Happn. Mas antes precisava ligar para a Denise e contar tudo.

— Não acredito que o Henrique disse que o problema da relação era falta de grana! — comentou Denise, chocada.

— Sim, ele disse isso — murmurei. — E também que ainda me ama, amiga.

— Que amor é esse?

— Foi exatamente o que eu perguntei — respondi, revirando os olhos.

— E ele?

— Disse: "um amor doido e doído".

— Ah, que golpista. Ainda veio querer fazer poesia? Tomar no cu ele não quer, não?

— Pois é — concordei com desânimo.

— E por que você não me ligou ontem mesmo para contar isso?

— Ah, eu estava tão chateada que nem quis falar com ninguém.

— Cara, ele conseguiu chegar ao cúmulo da escrotidão.

— Pois é...

— E como você tá?

— Péssima, né? Ainda amo o cara, ou quem ele fingia ser. Sei lá. Tem mil coisas passando pela minha cabeça agora.

— Imagino. Se até eu estou confusa...

— O pior é que ele mexe comigo, óbvio. Estou um caco, ainda mais depois de ter ouvido o que ouvi. Mas quero superar.

— Isso aí, garota! Homem nenhum merece uma lágrima sua!

— Tenho até um date hoje... — contei, tentando demonstrar alguma empolgação.

— CALA A BOCA! Como assim? Você fica um dia sem me ligar e parece que eu perdi três episódios dessa série?

Gritinhos típicos de mulher no telefone.

— Me manda foto dele agora por Whats!

Enviei uma foto do Tiago.

— CA-RA-CA! QUE GATO! Quantos anos ele tem?

— Trinta e cinco.

— Opa, mais velho. Gosto. — Ela riu. — Deve ser muito mais homem que o Henrique. Já teve tempo de amadurecer.

— Tomara.

— E, vem cá, se conheceram onde?

— Happn.

Ela soltou uma gargalhada.

— Mas antes ele derrubou tinta em mim.

Denise não entendeu nada. Rimos bastante conforme fui explicando a história para ela.

— Cara, sua vida é melhor que qualquer série da Netflix.

— Um dia ainda escrevo um livro.

— Um dia isso ainda vai virar filme!

Rimos mais um pouco até que ela se tocou:

— Então o que você tá fazendo falando comigo? Vai se arrumar!

Como é bom ter amigos para te ajudar no fim de um namoro. Saber que você tem alguém com quem contar, para quem pode ligar só para resmungar, ainda que eles não entendam nada, porque você está chorando igual uma bezerra desmamada. E mesmo assim a pessoa está ali por você, te mandando se acalmar, doando o tempo dela porque te quer bem. Isso é o que importa. É uma sensação maravilhosa.

Bom, liguei o chuveiro decidida a ficar gata pra cacete. Sabe aquele dia em que você pensa "é hoje"? Pena que o chuveiro não estava na mesma vibe que eu e parou de funcionar do nada.

A água ficou gelada. O que era para ser um banho relaxante, em câmera lenta estilo propaganda de sabonete íntimo, virou uma tragédia. Meu queixo batia e eu falava todos os palavrões possíveis. Meu xampu tinha acabado e na correria do dia eu tinha esquecido de comprar outro. Entrou sabonete no meu olho. Enfim, tudo errado. Mas não me deixei vencer. Continuei naquela simulação de inverno de *Game of Thrones* e fui para a batalha: a depilação.

Meu Deus, quanto tempo fazia que eu não transava? Se aquilo que estava em mim não era uma parte da Floresta Amazônica, não sei o que poderia ser. Juro. Saiu uma quantidade de pelo que daria para fazer uma peruca para um recém-nascido. Credo. Minha canela até que estava o.k. Sempre depilava porque usava saia no dia a dia. Mas minha virilha me deu pena. Converti essa pena em força de vontade para tirar as teias de aranha que tinham se formado lá.

Acabei lavando o cabelo com sabonete. Ficou parecendo que meus pentelhos tinham ido parar na cabeça. Por que na embalagem de sabonete não vem escrito: "NUNCA PASSE NO CABELO"? Fica péssimo, sério. O que me salvou foi o condicionador, que deu uma boa disfarçada no arame todo. Mas a missão banho foi finalizada. Foi mais difícil do que eu pensei. Quando desliguei o chuveiro, já estava cansada e cogitei desistir e ir para debaixo do edredom assistir a um filme. Com a Mimosa enrolada no meu pé para me aquecer. Mas não! *Not today.*

Fui para a frente do espelho e sequei o cabelo, que ficou igual a uma vassoura. Caso o emprego no ateliê desse errado, eu já poderia trabalhar limpando casas com a minha cabeça. Passei um reparador de pontas e deu uma disfarçada. Fiz um babyliss bagunçadinho, para dar aquela impressão de "me arrumei, mas não muito; estou saindo com você, mas nem queria tanto". Queria fazer a linha desinteressada/ misteriosa.

Mulheres são bobas às vezes. Os homens raramente reparam no nosso cabelo, muito menos interpretam o que o penteado está querendo dizer. Não sei por que a gente insiste em querer dar significado para tudo na hora de se arrumar. Lá fui eu para mais uma batalha: a maquiagem. Hora tensa: afinal, era a primeira vez que a gente ia se encontrar. Quer dizer, segunda, mas na primeira ele me pintou toda de azul, então acho que nem viu como eu sou direito. Não costumo usar muita maquiagem. Aliás, nem sei me maquiar direito. Odeio quem consegue colar cílios postiços. Da última vez que tentei, parecia que tinha uma taturana perto da minha sobrancelha. Ou seja, não sirvo para fazer nada além de passar base, corretivo, blush, batom e rímel. Vejo essas mulheres que conseguem fazer contorno facial e imagino que ficaria parecendo alguém indo para a guerra. Ou um índio tapajó.

Cheguei mais perto do espelho e me dei conta de que estava com uma espinha no queixo. DROGA! Vinte e seis anos — quase trinta — e me surge uma espinha? No dia de um encontro? Puta que pariu. Estou tentando casar e meu corpo reage como se eu tivesse tempo para viver um date pré-adolescente? Passei corretivo. Era como se eu tivesse varrido a casa e escondido toda a sujeira embaixo do tapete. Uma lombada coberta por uma camada de corretivo. Alguém avisa para quem inventou esse negócio de maquiagem que está faltando criar um produto que realmente disfarce espinhas? Que não só cubra o pontinho vermelho, mas que esconda o calombo feio que fica bem no meio da nossa fuça?

Fiz a maquiagem como sempre, caprichando no rímel para ficar com cílios de boneca. E lá estava eu dando significado para minha aparência de novo.

Passei um batom vinho. Tirei o batom vinho. Passei de novo. E se ele me beijar? Vai parecer que nós dois enfiamos a cara em um pote de graxa. Tirei o batom vinho. Passei batom vermelho. E se ele me beijar mesmo? Vamos parecer dois foliões que se conheceram no Carnaval, na bagunça de um trio elétrico, e se pegaram em pleno vuco-vuco de gente bêbada e suada. Tirei o batom vermelho. Dane-se, desisti de passar batom. Àquela altura minha boca já estava avermelhada pelo tira e põe de batons e meio inchada. Achei sexy. Deixei assim.

Vesti uma chemise preta com listras brancas na vertical, com botas pretas e uma bolsinha pequena envernizada. Coloquei um desodorante dentro dela. Não tinha espaço para muita coisa lá, confesso, mas desodorante era importante. Axila é uma coisa em que não dá para confiar, ainda mais na hora de conhecer o novo amor da sua vida. A gente nunca sabe se vai ficar nervosa, se vai começar a suar, se vai parar na casa do cara e acordar no dia seguinte meio bêbada de vinho, se vai para um motel e ele te convida para um banho... Também coloquei meu celular e cartão de crédito na microbolsinha. Eu tinha passado meu telefone para o Tiago, e recebi uma mensagem de WhatsApp.

Cheguei ;)

Respirei fundo e me vieram lembranças do meu primeiro encontro com o Henrique. Era um sábado. Eu morava com meus pais, tinha vinte e três anos e estava menstruada. Queridíssimo diário, sei que pode parecer não fazer o menor sentido eu me lembrar disso, mas não me esqueço porque não transei aquele dia e foi sofrido. Aquilo me marcou. Foi um inferno ter um ótimo primeiro encontro e não poder transar porque a maldita menstruação resolveu dar o ar da graça bem naquele dia.

Não tenho nenhuma encanação com transar no primeiro encontro. Pelo contrário, sempre fui a favor. Porque, se for ruim, você já descarta e não perde tempo marcando um próximo encontro. E assim não dá tempo de você se encantar pela personalidade da pessoa, porque já descobre que na cama é uma bosta. Muito mais prático e objetivo. O sexo com o Henrique foi incrível logo de cara. Acho que foi por isso que demos tão certo.

Ter menstruado justo no nosso primeiro encontro me deixou muito brava. O dia em que eu morrer e encontrar com Deus, a primeira coisa que vou fazer é perguntar o que foi que nós, mulheres, fizemos de tão grave para ter nascido com essa droga de todo mês sangrar e continuar viva depois de cinco dias? E isso se repetir por anos até a menopausa? Que, cá entre nós, segundo minha mãe, é uma época maldita?

Sai, Henrique, sai da minha cabeça. Não é hora para você agora. Me deixa seguir em frente, filha da putinha!, me lembro de ter pensado. Afastei qualquer pensamento relacionado a ele e fui em direção à porta. Estufei o peito e respirei fundo. Bateu aquele friozinho gostoso na barriga. *Yes*, bom começo. Adoro friozinhos na barriga. Desci o elevador e passei pela portaria pisando firme. Saí e lá estava o Tiago, me esperando fora do carro com uma rosa azul na mão. Sorrimos.

— Oi.

Ele se aproximou, encaixou sua mão na minha cintura e me cumprimentou com um beijo na bochecha. Então me deu a flor.

— Para combinar com você de Power Ranger azul aquele dia — ele riu.

Sorri, desacreditada: ele era gato *e* bem-humorado? Gostei. Tiago abriu a porta do carro para que eu entrasse. Gostei, parte dois. Estava tocando Caetano Veloso. Gostei, parte três. Ele estava extremamente perfumado. Gostei, parte quatro. Tiago entrou no carro e me deu um beijo de tirar o fôlego. Gostei, parte mil. O clima esquentou. Muito. Isso tudo em menos de dez minutos de date. Ele beijou meu pescoço e eu já estava revirando os olhos. Cacete, logo de primeira o cara acertou meu ponto fraco? Se bem que pescoço é meu ponto fraco e do resto da torcida do Flamengo, né? Pegação rolando, com um olhar nos entendemos. Saímos do carro e subimos para o meu apartamento. O porteiro não deve ter entendido nada e ao mesmo tempo deve ter entendido tudo.

Abri a porta com certa dificuldade. Suas mãos seguravam com força minha cintura enquanto ele beijava minha nuca. Eu não acertava de jeito nenhum o buraco da fechadura.

— Precisa de ajuda? — ele sussurrou no meu ouvido.

— Ã-hã — respondi, arfando.

Abrimos a porta, a Mimosa se entrelaçou nas nossas pernas e, em meio a latidos e gemidos, Tiago me grudou na parede e começou a desabotoar minha roupa. O resto eu não preciso escrever, a menos que eu queira que esse diário vire uma espécie de *Cinquenta tons de cinza*, né? O que eu posso dizer é: ele está de parabéns.

Transamos e às três da manhã o Tiago recebeu uma mensagem e disse que precisava ir embora. Um amigo bateu o carro e ele teve que ir ajudar. Algo assim. Nem perguntei nada, estava extasiada. Ele foi supercarinhoso. Não deu tempo de conversar, porque estávamos empenhados em outras coisas. Mas, mesmo assim, a noite foi ótima. Vou dormir bem (comida). Boa noite, diariozinho querido! (Olha o que um bom sexo não faz com a gente?)

18 DE MAIO

Acordei com uma mensagem chegando. Era do Tiago! *Bom dia, linda. Adorei ontem. Quando nos vemos de novo?*, ele mandou. Sorri sozinha e abracei a Mimosa, que dorme de conchinha comigo. Friozinho na barriga de novo. Meu celular apitou mais uma vez e fui ver ansiosa. Seria outra mensagem do Tiago? Não. Henrique. *Sara, queria mesmo conversar com você. Quando você pode?*

O sorriso se desfez e um leve desconforto estomacal tomou conta. Poxa, justo depois de uma noite incrível, quando finalmente consigo tirar o Henrique da cabeça, ele manda uma mensagem logo de manhã? Atiçando a rainha da curiosidade? Respondi seca um *Fala*, e ele escreveu: *Precisa ser pessoalmente, não queria que fosse por mensagem. Você vai na Gio hoje?*

Vou. Óbvio que vou. Eu trabalho para ela, imbecil. Era o que eu queria responder. Mas mandei apenas um *Vou*. E fui. Com o cabelo meio amassado por causa da noite, coloquei um shorts jeans com um regata branca, um blazer amarelo por cima e uma sandália gladiadora. Completei com uma bolsa grande e surrada imitando couro, onde enfiei todos os meus apetrechos, e lá fui eu conversar com o Henrique, quer dizer, trabalhar.

Cheguei e fiquei esperando na sala. Gio tinha ido fazer compras no shopping. Estava dando uma olhada no feed do Instagram, quando o Henrique chegou por trás da minha poltrona, espiou meu celular e sussurrou:

— Ainda seguindo essas blogueiras gringas?

Droga. Eu odiava como ele me conhecia e sempre sabia exatamente o que eu estava fazendo.

— Hummm, fala logo o que você quer — respondi.

— Você pode vir comigo até o jardim? — ele pediu.

Meu coração acelerou. Eu não estava lidando bem com a situação. Minhas mãos começaram a suar. Eu ainda amava o Henrique, ou a pessoa que ele fingira ser durante aqueles três anos. Ou a pessoa que ele de fato fora. Toda a situação era confusa demais para mim. Então fomos para o jardim. Fui dura.

— Diz.

— Escrevi um negócio pra você.

Tive a impressão de que meu coração parou por dois segundos. Mas foi só impressão mesmo, senão eu não estaria viva aqui para contar. Engoli em seco.

— E o que deu em você para resolver escrever para mim? Não tenho grana para te bancar, não precisa mais perder seu tempo tentando me conquistar, não.

Fui voltando para a sala. Eu queria ler o que ele tinha escrito, mas de que ia adiantar? Apesar de que, se tratando do Henrique, da pessoa que ele mostrou ser, fiquei com medo. Não tinha como saber o que ele estava planejando.

— Lê. Por favor. É de coração.

Ele veio atrás de mim e segurou meu braço. Então me entregou uma folha de caderno com a letra corrida.

Minhas mazelas,
são três da manhã
e eu estou com elas.
Más, elas, as dores
de todos os amores
que perdi.
De todos que não vivi.
Por todos que deixei de sorrir.
Mas só um me motiva a rir de novo,
O mesmo responsável pelo atual choro.
Foi maldita.
Foi mal dita a hora de dizer adeus.
Achei que teria você para sempre.
Engano meu.
Sorte sua.
Choro meu.
Vida nossa,
que nos levou de encontro à fossa.
"E agora?", perguntei.
"Senta e chora", o destino respondeu.
Chorei.
Chorei para fora
cada parte sua que ainda habita em mim.
Como nascente de um rio,
saíram de mim

todas as lágrimas da alma.
Nem um mar de desculpas
seria capaz de te fazer esquecer
o mal que eu lhe causei.
A dor que eu lhe emprestei
e que agora tomo de volta.
Volta?
Se não, fique à vontade.
Eu vou, mesmo que seja tarde.
Já são quatro da manhã,
E ainda estou aqui.
Se for levar mais mil anos
para ter você de novo
não importa.
Demora, mas não me solta!
Mazelas,
minhas mazelas,
são cinco da manhã e eu choro em volta delas.
Más, elas, as culpas que carrego
E que me deixam na madrugada sem chamego,
chamego esse que antes era teu
e que hoje me faz tanta falta
Maldito eu fui.
Mal dita a forma como te falei
para sair da minha vida.
Pegue suas coisas e dê a volta por cima.
Pois bem,
deu.

A dor desse amor tão doído de esquecer,
desse amor tão doido de negar,
que eu sinto por você.
E agora, só me resta
me afastar

Terminei de ler e meus olhos estavam marejados. Eu não entendia nada. Lembrei a noite em que abri a gaveta e achei os poemas dele, e me bateu um aperto no peito. Olhei para o Henrique e quase consegui ver de novo o garoto por quem havia me apaixonado. Ele também estava com os olhos cheios de lágrimas. Pegou meu queixo e me puxou para me dar um beijo. Na rapidez do movimento, cedi. Nos beijamos em plena luz do dia, no jardim da Gio Bresser, que a qualquer momento poderia chegar. Senti borboletas no estômago, mas muita mágoa no coração. E o empurrei.

— Você é louco?

— Volta pra mim? — ele disse, num impulso.

Escorreu uma lágrima, que Henrique tentou inutilmente esconder passando depressa a manga da camisa pelo rosto.

— O quê?!

— Olha, fui um idiota.

— EU SEI — disse, levantando a voz. Olhei ao redor para confirmar que ninguém tinha ouvido ou nos visto ali.

— Não sei o que deu em mim, nem o que estou fazendo aqui. A Gio me dá tudo o que eu sempre quis, mas eu amo você. Não tem graça esse luxo todo se no final eu não tiver você me abraçando e perguntando como foi meu dia!

Fiquei alguns segundos encarando o Henrique. Era dolorido ouvir aquilo. Ele queria todo o luxo, mas no fim do dia eu fazia falta de alguma forma? Aquilo era possível? Era sincero? Eu não conseguia perdoá-lo. Simplesmente esquecer que tinha terminado comigo por WhatsApp do dia para a noite, e agora namorava a mulher para quem eu trabalhava.

— Pague o preço pela vida que você sempre quis ter, oras.

Virei de costas. Depois olhei para ele de novo.

— Seja homem pelo menos uma vez na vida.

Então voltei para a sala sentindo um misto de emoções.

— Sara, espera — ele insistiu.

— Henrique, eu também já estou com outra pessoa — eu disse, e engoli em seco.

Joguei baixo, admito. Tinha saído com o Tiago uma única vez, eu sei. Meu coração acelerou de novo, como quem diz: "Miga, acho que você está metendo os pés pelas mãos, hein?". Mas o que eu podia fazer? Só precisava me vingar do Henrique de algum jeito. Queria que ele sentisse como eu me senti quando o vi beijando outra mulher.

— Sério? — ele perguntou, incrédulo.

— Seríssimo. Você acha que a fila anda só para você?

Henrique olhou para baixo, mordeu o lábio inferior e respirou fundo.

— Espero que ele seja o homem que eu não consegui ser para você.

Ele estava visivelmente arrasado.

— Também espero — respondi de imediato, sem nem ter chance de pensar antes de falar.

Voltei para a sala. Fiquei até tonta, parecia que tinha ido numa montanha-russa três vezes seguidas. E com looping! Minha respiração estava descompassada.

— Sara?

Virei assustada. Era a Gio. Por um instante, senti um frio na espinha. Será que ela tinha visto Henrique me beijar? Mas ela logo sorriu, feliz ao me ver, e eu pude relaxar.

— Oi, queriiiiida! — Gio disse com a voz estridente, caminhando sobre seus saltos Louboutin, cheia de sacolas da Chanel, da Gucci e da Prada.

Respirei aliviada, estava tudo bem.

— Oi! — Sorri. — Como foram as compras?

— Óóóótimas! Tenho que te levar um dia comigo. Você é tão fofa. Vai ser ótimo ter sua companhia!

Sou fofa, mas acabei de pegar meu ex, que é seu atual, no seu jardim, pensei. O jeito feliz demais da Gio estava começando a me irritar. Meu celular apitou. Mensagem do Tiago. YES! *Por favor, me tira dessa lama*, pensei.

Nos vemos hoje?

Que horas?

Vinho na sua casa às nove?

Topo!

Me senti meio frustrada. Eu queria sair para jantar, dar uma mudada de ares. Deixar meu cubículo, que ainda estava preenchido pelas lembranças do Henrique. Mas negar outra noite incrível? Eu não era burra. Mais tarde, fui embora da Gio com a bolsa numa mão e o coração na outra. Dia difícil. Mas dane-se, era hora de ir para casa e tomar vinho com meu se-Deus-quiser-futuro-marido.

— Meu se-Deus-quiser-futuro-marido tá vindo pra cá de novo! — contei animada para a Denise pelo FaceTime.

— Peraí. Futuro marido?

— Ué, isso mesmo — eu disse, levantando uma sobrancelha e rindo.

— Sara, você conheceu o cara ontem. Vai. Com. Calma.

— Amiga, estou com vinte e seis anos. Não dá mais para ter calma. Daqui a pouco chego aos trinta. Se eu não estiver casada e com filhos, vou ficar pra tia mesmo. Esse papo é sério.

— Não entendo essa sua paranoia de TER QUE ESTAR casada e com filhos. É sensacional nos filmes, mas às vezes na vida real as coisas não acontecem bem assim, sabe?

Eu DETESTO quando a Denise tenta tirar da minha cabeça a ideia de ter minha família até os trinta. Eu só não quero ficar sozinha, ué. Ela não entende isso? A Denise leva tudo numa boa. Curte a solteirice sem se preocupar em casar. Vive dizendo que, quando acontecer, vai ser naturalmente. Ela não se preocupa de verdade com isso. Confia na vida e no destino, e diz que o universo está reservando o melhor para depois. Baita papo chato do cacete. Meu destino quem faz sou eu. Vou ficar esperando meu marido chegar por Sedex? Vou empurrar o tal cara enviado pela Via Láctea descer pela chaminé do meu apartamento? Nem chaminé eu tenho!

72

— Denise, lá vem você com seu papinho de "Relaxa, vai acontecer quando tiver que ser" — eu disse, com vozinha fina e fazendo careta.

— Mas, Sara, não estou mentindo quando falo isso. Olha tudo o que aconteceu hoje com o Henrique. Cara, vocês se beijaram! Você ainda ama o cara, e pelo jeito ele também te ama. Do jeito torto e esquisito dele, mas ama.

— Vai defender meu ex?

— Não estou defendendo. Só estou falando que tem um turbilhão de sentimentos dentro do seu coração. Não precisa ter pressa de emplacar outro namoro tão rápido!

O interfone tocou.

— Tchau, o novo amor da minha vida chegou!

— Estou falando com as paredes, né?

— Amiiiiga, tchaaaau. Ele chegou! Tenho que desligar. Ouvi tudo, tudinho, juro!

— Vai com calma. Não quero você se machucando — ela tentou uma última vez.

— Credo, não vem me rogar praga, sua bruxa!

— Não estou rogando praga, só quero te proteger. Você ainda está machucada do Henrique. Talvez não seja o momento ideal para se envolver com alguém. Pode ser melhor ficar um pouco sozinha, se entender com você mesma.

— PUTA. PAPO. CHATO. Hahahahaha! Tchau, pentelha que eu amo!

Atendi o interfone e mandei o Tiago subir. Ele estava com uma camiseta verde-escura, jeans preto e tênis bege. Tinha duas garrafas de vinho na mão.

— Duas?

— Quando a companhia e boa, a gente não sabe quanto tempo a noite vai durar.

Ele me beijou e eu me derreti de novo. Ô beijo bom que ele tem! Fomos para o sofá e começamos a beber.

— Vem cá. Ontem a gente acabou não conversando direito.

— Estávamos com a boca ocupada fazendo outras coisas... — disse ele, cínico, com um sorriso extremamente sensual de canto de boca.

Rimos de novo.

— O que você faz?

— Sou pintor. Vivo da minha arte. Tenho quadros meus espalhados por galerias e alguns clientes fixos...

Uau. Então o Tiago era pintor? Estava explicada a tinta azul que ele tinha derrubado em mim. Imaginar ele pintando quadros era extremamente sexy.

— E você? — ele perguntou, depois de dar um gole no vinho.

— Sou costureira. Trabalho no ateliê da Helena Bissot.

Ele parou de beber. Parecia que eu estava falando grego.

— Jura? Você é toda nerdzinha. Imaginei que trabalhasse em um escritório. Sei lá, na área financeira.

— Nerdzinha? Você acha? Uau, preciso rever meu guarda-roupa. Para quem trabalha com moda, ser considerada "nerdzinha" não parece bom.

— Desculpa, não leva a mal. Vai ver eu é que não soube interpretar. Não entendo nada de moda! Quem sou eu para saber como uma nerd se veste, certo?

— Você pinta faz quanto tempo?

— Desde os vinte anos. Mas já fiz de tudo. Fui garçom, barman, atendente de loja... Ser artista no Brasil é difícil.

— Ô — suspirei.

Tiago parecia um cara legal e batalhador. E humilde. Diferente do Henrique, que não aceitava o fato de ser um poeta frustrado e não ia atrás de um emprego para se sustentar. Achei legal.

— Você trabalha com moda desde quando? — ele perguntou enquanto enrolava uma mecha do meu cabelo em seu dedo.

— Desde a faculdade. Faço croquis. Meu sonho é desenhar roupas e ter minha própria marca.

— Uau, sério? Você tem algum croqui por aí?

— Tenho. Quer ver?

— Adoraria.

Fui até a cômoda do lado da TV e peguei vários croquis meus. Espalhei no chão da sala, do lado do sofá azul-marinho surrado que era meu xodó, e sentamos no chão.

— Sara, você é muito talentosa! Não entendo nada de moda, mas seus desenhos são lindos!

— Puxa, você gostou mesmo? Obrigada!

Sorri, feliz pra cacete. Fazia tanto tempo que alguém não elogiava meus croquis. Suspirei.

— Se importa se eu levar um deles comigo? — ele perguntou, já escolhendo um dos meus desenhos.

— Hã? Pra quê?

— Surpresa, *my dear*.

Ele beijou a ponta do meu nariz.

Fechei os olhos. Que cara querido, poxa. Finalmente eu estava sendo tratada com doçura e carinho. Aquilo aqueceu meu coração judiado.

— Fiquei curiosa.

— Vai ter que se aguentar — ele disse, rindo.

Incrível. Quando ele sorria, seus olhos sorriam junto. Meio Michael Bublé quando canta. Uma graça.

Sorri e o beijei. Então o clima esquentou. Fim de papo e começo de outra noite incrível.

O celular dele tocou. Tiago pareceu incomodado.

— Pode atender — eu disse, sorrindo e saindo de cima dele.

— Não deve ser nada importante, deixa pra lá...

Continuamos. O celular tocou de novo.

— Porra — ele xingou baixo.

— Atende — insisti. — Não tem problema.

Tiago pegou o celular, olhou alguns segundos para a tela e rejeitou a ligação. Levantou e foi colocando a calça.

— Linda, vou ter que ir embora...

Sorri amarelo, disfarçando a carinha de cu que insistia em querer se instalar.

— Tá tudo bem? — tive que perguntar, sem conseguir esconder a curiosidade.

— Tá. É que um amigo meu disse que precisava muito falar comigo hoje e agora está me ligando sem parar. Vou ter que ir lá. Desculpa.

— Sem problemas.

Chacoalhei meu cabelo, ainda sorrindo amarelo.

Queria o número do amigo dele para ligar e mandar o cara tomar no cu. Chato, interrompeu minha noite. Tiago foi embora. Dormi de conchinha com a Mimosa de novo. Era o que me restava. Na próxima ele não ia escapar. Boa noite, diário! ♥ (Coraçãozinho porque ver o Tiago me fez bem de novo!)

19 de maio

Dia esquisito. O Tiago não respondeu minhas mensagens. Não tive que ir para a Gio hoje. Estou mal-humorada. Tchau.

20 DE MAIO

Hoje foi dia de terapia, depois de um tempão. Contei tudo o que rolou e ela cogitou a hipótese de o Henrique realmente estar arrependido. Mandei a velha tomar no cu. Mentalmente, lógico.

Ela entendeu minha desconfiança e me aconselhou a mesma coisa que a Denise. Disse que seria bom eu tirar um tempo para mim e não me envolver com outra pessoa agora. Mandei a velha tomar no cu mentalmente de novo. Porra, cadê as pessoas que me apoiam na busca pelo amor verdadeiro?

A terapeuta também disse que eu preciso parar de ser ansiosa e me preocupar com o futuro. Falou para eu parar de pensar em quando tiver trinta anos, já que ainda tenho vinte e seis. Pela terceira vez, eu a mandei tomar no cu mentalmente. Se eu não planejar minha vida, quem vai fazer isso por mim?

Não fui na Gio de novo. Não precisei. Graças a Deus. Não queria ver o Henrique mesmo. O Tiago não mandou nenhuma mensagem nem ligou. Esquisito. Mas cada um no seu tempo, né? Também não mandei nada. Talvez ele esteja fazendo um joguinho. Só que eu nem sei mais jogar. Namorei três anos, não sei mais como essas coisas funcionam e não tenho a menor paciência. Quero viver algo de verdade logo, mergulhar de cabeça e ser feliz de uma vez. Mas sozinha é impossível. Terminei o dia assistindo *Friends* abraçada com a Mimosa. Pintei a unha de vermelho também. Nada de novo.

21 de maio

Sem novidades. Dia chato. Fui na Gio pegar algumas calças para fazer a barra, mas ela não estava, nem o Henrique. Parece que viajaram. Pff. Danem-se. O Tiago ainda não deu sinal de vida.

23 DE MAIO

Querido diário,
Ontem acordei com o celular vibrando: era uma mensagem do Tiago.
Bom dia, linda. Saudade. Nos vemos hoje?
ALELUIA, ALELUIA! Sinal de vida, ALELUIA! Achei que ele tinha morrido, pegado dengue, esquecido o celular em alguma galeria de arte, sido sequestrado... Mas era só joguinho mesmo. E escreveu "saudade"! Fofo! Amei, ele sentiu minha falta. Apesar de estar fazendo joguinho, admitiu que sentiu minha falta pelo menos. Não foi fofa demais a mensagem dele? Borboletas no estômago.
Bom dia, sumido.
Droga. Me arrependi na mesma hora que enviei. Não devia ter escrito "sumido". Dei na cara que fiquei esperando alguma coisa nesses dias. Que raiva, queria que existisse a opção de desenviar mensagem.
Hehe. Sentiu minha falta?
Ele respondeu rapidinho. E aí? O que fazer? Dizer que sim? Que mais ou menos? Que não muito?
Vamos jantar hoje?

Foi o que me veio à cabeça. Desculpa, diário, mas não pensei em nada melhor na hora.

Não vou poder. Tenho que jantar com meus pais hoje. Mas posso passar aí mais tarde. Vinho de novo?

Que saco. Será que a gente nunca ia ter uma vida social? Eu queria alguém tipo o Henrique nesse aspecto. A gente ia a barezinhos, restaurantes... no fim de semana. Não nos caros, óbvio, mas dava para comer bem com um preço legal. Queria ir ao show de alguma banda independente, ficar bebinha vendo stand-up comedy, essas coisas. Estava atrás de um novo Henrique. Só que sem a parte de ser abandonada por causa da minha condição financeira. Queria achar meu futuro marido de verdade.

Tá, respondi. Eu estava com saudade e a fim de transar, então era a opção que me restava. Não queria entrar numa DR por mensagem, nem tentar convencer o cara a fazer alguma coisa logo no início da relação. Precisava ir com calma. Quem sabe com o tempo eu conseguiria tirar o Tiago de casa, mostrando que existe um mundo no qual se pode viver fora do meu apê de setenta metros quadrados com lembranças do Henrique em todo canto? Mas naquela noite seria mais vinho na sala.

Não precisei ir na Gio de novo. A Helena Bissot me ligou à tarde para saber como estavam indo as coisas. Contei que tudo andava otimamente bem e que eu estava feliz. Ela não pareceu muito empolgada, tinha um jeito meio "dane-se", mas não reclamou de nada, o que já era ótimo. Ela me deu os parabéns e contou que a Gio ligou para ela de Fernando de Noronha para me elogiar.

Fernando de Noronha? E eu pensando que eles tinham ido para fora do país. Lá é lindo, mas pff. Bem feito para o Henrique, que provavelmente esperava viajar para fora e acabou ficando pelo Brasil mesmo. Logo depois a Helena me contou que a Gio estava abrindo um spa lá. Claro. A mulher não dava ponto sem nó. Por que teria ido para aquele lugar se não fosse para ficar mais rica e mais linda, não é mesmo? E o Henrique acompanhando tudo de perto. Para ficar lindo junto.

Mas, tirando isso, a conversa foi ótima. A Helena até me elogiou (do jeito dela). Disse que tenho me saído muito bem e que está estudando um aumento (finalmente!) para compensar meu esforço. Disse que eu e a Denise somos as funcionárias mais dedicadas do ateliê. Tenho que concordar: trabalhamos pra caramba e não negamos serviço. A Helena disse que só precisa falar com o financeiro, mas que eu posso contar com o aumento. Yaaaay! Não entrou em valores, mas qualquer graninha que venha para me ajudar a chegar no fim do mês sem estar tão apertada já vai ser maravilhoso. Enfim, notícia boa!

Levei a Mimosa para passear no Villa-Lobos, sentei na grama e, sem querer, revivi minhas lembranças com o Henrique, como sempre. Mas fazer o quê? Vida que segue. Voltei para casa e dei banho na Mimosa, que fez questão de sair correndo do boxe toda ensopada e molhar o apê inteiro. Corri atrás dela feito louca. Depois tive que enxugar tudo com pano e muito mau humor. Mas até que foi engraçado.

Às sete, comecei a me arrumar. Passei um batom vermelho, mesmo sabendo que íamos ficar em casa, porque eu queria ficar sexy. Vesti um blusão preto com jeans rasgado e fiquei de meia mesmo. Sexy e preguiçosa. E aqui estou eu dando significado à forma como me arrumo. Às sete e meia estava pronta. Mandei mensagem.

Te esperando ;)

Passaram quinze minutos e ele não respondeu. Tudo bem. Quinze minutos era pouco tempo, provavelmente ele estava ocupado. Meia hora e nada. Esquisito, mas talvez ele estivesse superenrolado numa exposição ou em alguma galeria de arte! Oito e meia. Nada dele.

Oi, você vem?

Mandei outra mensagem. Uma leve angústia começou a me circundar. Tirei o batom vermelho com um guardanapo. Abri o vinho. Nove e quinze. Nada dele. Meia garrafa de vinho se foi. Eu já estava meio alcoolizada e bem puta da vida. Pensei em ligar para ele, mas graças a Deus meu lado orgulhoso falou mais alto que meu lado bebinho. Concluí que para um futuro marido ele estava sendo um escroto. Dez horas. Nada dele. Nem uma mensagem. Nem um sinal de vida. E lá se foi a garrafa inteira de vinho.

Mandei uma mensagem para o Henrique.

Ssaudsade.

SIM. Bêbada nesse nível. E a mancada maior de todas não foi nem escrever errado. FOI TER MANDADO MENSAGEM PRO HENRIQUE! Ele respondeu.

Você quis dizer "saudade"? Hahaha!

Isso.

Também estou com saudade. Estou em Fernando de Noronha, podemos nos encontrar quando eu voltar?

Vai tomar no cu.

E foi assim que minha noite terminou, porque apaguei. Caí num sono profundo, de conchinha com a Mimosa.

Acordei com uma baita dor de cabeça. Mal conseguia abrir os olhos com a claridade que entrava pela janela. Era sábado, graças a Deus. Eu não tinha hora para levantar. Mimosa estava espalhada na cama, como sempre, e a garrafa de vinho tinha caído. Coloquei a mão na testa, suspirei e soltei um leve gemido de dor. Ressaca. O enjoo e a cara de bunda imediatamente se instalaram. Peguei meu celular para ver que horas eram. Meio-dia.

Tinha uma mensagem do Henrique depois que o mandei tomar no cu: um emoji de carinha triste. Compreensível. E três do Tiago! Às dez da manhã, ele tinha mandado:

Linda, bom dia! Desculpe por ontem, não consegui ir. Nos vemos hoje?

Mandei o cara tomar no cu, e não foi mentalmente, mas em voz alta mesmo. Queria até mandar por mensagem, mas ele ia me achar infantil, e eu não tinha o direito de cobrar satisfações. Lógico que tinha faltado bom senso e empatia da parte dele. O Tiago deveria ter me avisado que teve a droga de um problema e que não ia poder vir. Não custava nada. Respondi:

Hoje não vai dar, já tenho compromisso.

E meu ego me aplaudiu. Odeio quando ele domina a

situação, mas, perante o papel de trouxa que eu havia feito, não estava com a menor vontade de parecer disponível para ele num sábado. Tinha ficado brava de verdade.

Que pena, porque estou aqui embaixo na sua porta te esperando com café e croissants.

CALA BOCA! QUÊ? Levantei num pulo, com uma leve tontura devido à ressaca. Olhei pela janela e, de fato, lá estava ele, com flores e dois cafés na calçada do meu prédio. Meu coração acelerou.

Sobe, respondi.

Só deu tempo de escovar os dentes correndo para tirar o mau hálito. Abri a porta com a cara amassada, o cabelo despenteado e o blusão preto amarrotado e cheio de pelos da Mimosa. Ele chegou lindo e impecável. Com um perfume amadeirado, jeans surrado, tênis, uma camisa cinza, a barba por fazer e óculos escuros. Meu coração acelerou mais um pouco.

— O que é que você está fazendo aqui? — perguntei.

Então fui surpreendida por um beijo repentino.

— Saudade — ele disse, me entregando as flores. — E estava esperando a donzela acordar.

Ele me abraçou e me entregou o café.

— O croissant é de queijo, espero que goste.

Era meu preferido, como ele tinha adivinhado?

— Adoro!

Tiago chegou perto da minha cama.

— Essa é a garrafa que íamos beber juntos ontem?

— Sim — respondi, meio seca.

— Sorte que assim que você terminar o café a gente vai sair para comprar outra, né?

Uau. E lá estava o futuro marido que eu queria.

— A gente podia sair para jantar hoje, né? — tentei pela milésima vez.

— Claro, *sweetie*. O que você quiser para eu me redimir da minha falha.

Uau. Que homem!

Ele me entregou um envelope.

— Olha!

Abri e confesso que levei um sustinho.

— Meu croqui!

Tiago havia pintado meu desenho com aquarela! E tinha ficado maravilhoso. Ele trouxe vida para um vestido incrível, modéstia à parte.

— Uau, que lindo, eu não espera...

Tiago me interrompeu com um beijo delicado e duradouro. Soltei o envelope no chão, ele tirou meu blusão e beijou meu colo. Tudo com muito carinho. Naquela hora nos conectamos como nunca tinha acontecido antes. Foi um sexo diferente, coisa de olho no olho. Uma energia fora do comum. Tiago estava tão cheiroso. E eu estava feliz por ele estar ali. Passamos o dia agarrados, trocando muito carinho.

Denise ligou no FaceTime.

— Se importa se eu atender? — perguntei, meio tímida.

— Lógico que não...

— É minha melhor amiga, que está nos Estados Unidos. Desculpa.

— Desculpa? Atende logo, quero falar com ela!

Incrível. Meu futuro marido queria conhecer a Denise. A cara de espanto dela ao ver nossos rostos colados foi hilária.

— Opa, liguei na hora errada? — Denise perguntou, gargalhando.

— Oi!

Tiago acenou e abriu um sorriso de canto de boca encantador.

— E aí?

— Quer dizer que você é a melhor amiga que mora nos Estados Unidos? — ele perguntou.

— Uau, teve briefing e tudo? — Denise riu. — Sou eu mesma. Prazer!

— Prazer!

Ele sorriu.

— Amigaaa, volta logo. Estou morrendo de saudades! — eu disse.

— Foi exatamente para isso que liguei! Volto semana que vem!

Se seguiram gritinhos histéricos de ambas as partes. Tiago riu de nós duas e me acolheu em seus braços. Achei tão fofo querer me dar colo naquele momento. Foi como se entendesse quão bom aquilo era e quisesse compartilhar minha felicidade.

O telefone dele tocou.

— Preciso atender, só um minuto — ele sussurrou, e foi para a cozinha.

— Claro — sussurrei de volta.

Ficamos eu e a Denise. Me encolhi em posição fetal na cama enquanto ele se afastou.

— Amigaaaaa! — Eu queria gritar, mas sussurrei. — Você viu isso?

— Vi! Que cara mais querido. É mesmo um amor. Adorei como ele trata você!

— Viu? Não estou louca por estar me apaixonando, né?

Estávamos as duas falando baixo apesar de Tiago estar entretido com o telefone na cozinha, também falando baixo.

— Não. Se apaixonar é ótimo. Só lembra de não colocar todas as suas expectativas nesse cara! Você tem que conseguir ser feliz mesmo que as coisas não deem certo com ele também.

— Denise, para de querer cortar minha vibe! Você viu como o Tiago me trata, não viu? Ele é superamoroso. Some de vez em quando, mas faz parte do jogo.

— Tá, pode ser. Mas lembra o que eu sempre digo? Para ser um bom par, você precisa saber ser um bom ímpar. Então, quando ele sumir, você tem que saber ficar bem consigo mesma. É isso que eu estou tentando...

— Voltei! — disse Tiago, pulando na cama e dando um beijo estalado na minha bochecha.

— Amiga, falamos mais tarde, o.k.? — Arregalei os olhos para Denise, e ela entendeu. — Estou tão feliz que semana que vem você vai estar de volta! Te amo, beijinho!

— Beijo, pombinhos!

Ela deu uma risadinha maliciosa e desligou.

— Ela parece gente boa — ele disse animado.

— A Denise é incrível! Podíamos ir a um pub quando ela voltar, o que acha?

— Humm... — Ele ficou pensando durante um segundo, que durou alguns segundos... — Parece... interessante... É... Podemos, sim! Claro, vai ser ótimo.

Mas senti certo desconforto da parte dele. Não entendi bem o porquê, e preferi não aprofundar. Se o Tiago ficava desconfortável, sem problemas. Eu iria ao pub só com a Denise e seria ótimo. Como ela mesma falava o tempo todo, eu tinha que ser um bom ímpar. Ia sair com ela para matar a saudade com ou sem o Tiago.

Chegou a noite, tomamos banho juntos e transamos no boxe, que é bem pequeno. Foi um desafio. Não posso negar que me lembrou de quando eu e o Henrique nos aventurávamos a fazer o mesmo. Era difícil, porque o espaço era apertado e chegava a ser desconfortável. Como o Tiago era alto e tinha ombros largos, parecia que para ele o boxe era menor ainda. Mas ficar tão próxima assim dele, sentir sua respiração colada na minha, nossos corpos juntinhos, praticamente um, foi muito sensual e me deixou excitada. Adorei.

Depois eu me arrumei, coloquei um pretinho básico, escarpins envernizados e uma bolsa que imitava uma Chanel. Passei meu batom vermelho e fiz uma escova lisa. Tiago ficou sentado só observando enquanto eu me arrumava. Ele analisava cada detalhe do que eu fazia. Vinha e me dava um beijo no ombro. Voltava a sentar e me olhava mais um pouco. Vinha novamente e me dava um beijo no pescoço. Voltava a sentar, depois vinha e mordiscava minha orelha. Foi difícil não tirar a roupa e transar de novo. Mas, enfim, conseguimos sair para jantar. Fomos em um restaurante japonês que ele escolheu, nos Jardins. Bem chique, eu achei. Foi ótimo. Demos risada e comemos pra caramba. Ele me trouxe em casa e então disse:

— Seria demais pedir pra dormir aqui?

Eu não esperava que ele fosse ficar. Óbvio que aceitei. Estou escrevendo antes de dormir, com ele já apagado do meu lado. Estou feliz.

24 de maio

Domingo ensolarado. Tiago dormiu sem camisa. Eu que dormi com a camisa dele, que ficou larga em mim e fazia eu me sentir abraçada e acolhida. Ele me acordou com beijos pelo corpo todo, e eu despertei sorrindo.

— Bom dia, dorminhoca.
— Que horas são? — perguntei no começo de um bocejo.
— Meio-dia.
— Nossa! Preciso descer com a Mimosa...
— Vamos. Eu vou com você.

Esse meu futuro marido só estava me dando motivos para ficar mais apaixonada ainda. Paramos no café na esquina de casa, que aceitava cachorros nas mesas de fora. Comemos croissants de novo. Tiago pediu um expresso sem açúcar e Mimosa deitou na calçada para tomar sol.

O celular tocou. Ele ignorou. Também fingi que não ouvi. Ficou um silêncio um pouco constrangedor. Tocou de novo. Ele ignorou mais uma vez. Fiquei ansiosa e devorei meu croissant mais rápido do que meu estômago suportava. Tomei goles grandes de café para ajudar a descer. O celular tocou pela terceira vez.

— Não vai atender? — perguntei, com o tom de voz um pouco alto.

— Ah... Não deve ser nada importante — ele disse, e em seguida começou a roer a unha.

— Você parece desconfortável.

— Eu? — ele reagiu meio histérico.

— Calma. Não quis ofender. É só que... Sabe, pode atender o celular, eu não me importo.

— Relaxa, se fosse algo importante eu atenderia — ele respondeu meio grosseiro.

Senti o golpe e me calei. Torta de climão de sobremesa para o croissant mal digerido.

— Desculpa — ele arfou.

Não respondi. O celular tocou novamente.

— Puta que pariu!

Ele pegou o aparelho, levantou da mesa com raiva e se afastou para atender.

Eu não fazia a menor ideia do que poderia ser. Quem sabe uma ex-namorada que ficava no pé dele o tempo todo? A gente não tinha entrado no assunto dos relacionamentos anteriores, e eu nem queria. Mas talvez fosse aquilo. Vai ver alguém ficava atrás dele feito uma maníaca e o Tiago não conseguia se livrar. Fiquei bebericando meu café e criando teorias bizarras para os telefonemas misteriosos.

— Oi.

Virei para ver de onde vinha aquela voz familiar e cuspi o café de volta na xícara.

— Henrique? — Minha respiração ficou ofegante. — O que você tá fazendo aqui?

— Saudade. E pelo visto você também sentiu. Mandou até WhatsApp.

— Olha, eu estava bêbada. E em minha defesa logo em seguida mandei você tomar no cu. Vem cá, agora não é uma boa hora.

Minhas mãos começaram a suar. A qualquer hora o Tiago ia voltar e me encontrar discutindo com Henrique. Eu teria que apresentar os dois. Que situação mais bizarra. Queria cavar um buraco e fugir para qualquer outro lugar.

— Sei que não é uma boa hora, mas eu precisava falar com você.

— Henrique, acabou. Entendeu? Não tem mais volta, já era. Bola pra frente. Você já está com a Gio, e eu também tenho outra pessoa. — Por mais que ainda me desse uma leve pontada de dor dizer aquilo, era a realidade. — Vai embora, não é mesmo uma boa hora.

— Voltei — disse Tiago, pousando uma mão no meu ombro.

Fechei os olhos, prendi a respiração e cerrei as mãos em punho. O que eu não queria estava acontecendo.

— Você é o novo namoradinho da Sara? — perguntou Henrique, irônico.

Tiago o mediu e depois olhou para mim.

— Você conhece esse cara, Sara? — ele me perguntou, desdenhando totalmente de Henrique.

— Digamos que um pouco...

— Um pouco? — perguntou Henrique, rindo. — Sou o ex-namorado dela.

Voltei a respirar e reuni coragem para tomar as rédeas da situação antes que aquilo se transformasse num caos.

— Exatamente, Henrique. Falou certo. EX-namorado. Passado. Vem, Tiago, vamos embora. — Puxei Tiago e peguei a coleira de Mimosa, que, cá entre nós, diário, cagou e andou para a presença de Henrique. Não deu nem uma abanada de rabo para ele.

Chegamos ao apartamento. Climão.

— Seu ex-namorado mora por aqui?

— Não. Longa história — respondi sem graça.

— Pode contar, eu tenho tempo.

Respirei fundo.

— Você quer mesmo falar sobre isso? — perguntei.

— Esse cara surgiu do nada no café na esquina da sua casa e nem sei se ele não é um psicopata... Então, sim, quero falar sobre isso. Ele é perigoso? Anda ameaçando você?

— Não! Não, não, não. Nada a ver. Mas, se eu te contar do Henrique... você me conta qual é a desses telefonemas que você recebe do nada?

Tiago ficou extremamente desconfortável e desconcertado.

— Longa história também... — ele respondeu.

— Pode contar, eu tenho tempo — respondi e ergui uma sobrancelha, sorrindo.

Ele cruzou os braços e respirou fundo.

— Beleza, eu conto.

O.k. E lá fomos nós. Comecei a contar toda a minha história com o Henrique. Desde o começo do namoro, quando estava indo tudo bem, até o dia em que ele terminou comigo por WhatsApp, três anos depois.

— Caraca, que babaca! — disse Tiago.

— Nem me fala. Mas espera que piora! Lembra quando eu te contei no Happn que meu ex-namorado tinha terminado comigo por causa de grana?

— Era dele que você estava falando?

— Exatamente!

Tiago pareceu muito surpreso.

— Cacete!

Contei todo o resto. Sobre ele começar a namorar a Gio Bresser, estar tentando voltar comigo, ter se mostrado arrependido. Só não contei a parte do beijo no jardim, porque, convenhamos, não seria muito legal compartilhar isso, né?

— Caraca, que tensa essa história...

— Nem me fale. E a sua história, qual é?

Tiago ficou pensativo. Ele me olhava e desviava o olhar. Parecia desconfortável.

— Algo parecido. Ex-namorada louca. Não aceita o fim.

Então era isso! Os telefonemas que ele evitava atender eram dela. Estávamos passando por uma situação semelhante. Que incrível. Ele entendia o que estava me acontecendo. Aquilo ia facilitar muito nossa relação. Eu também o entendia e não o julgaria. Achei ótimo aquela conversa ter rolado. Fez bem para os dois. No final, depois de algumas horas, nos abraçamos, nos beijamos e respiramos aliviados.

Fechamos o domingo indo ao cinema. Assistimos a um filme de terror, mas acabei dormindo no meio.

1º DE JUNHO

MIL PERDÕES PELO SUMIÇO. Eu sei! Eu sei, eu sei, eu sei que falhei. Reconheço, diário. Mas me desculpa. Eu estava indo bem nesse lance de escrever todo dia e tudo mais. Mas fraquejei, foi mal. Fui na terapia e ela disse que tudo bem se eu não escrever todos os dias. Disse para eu não me pressionar e jamais me culpar por isso. E, se ela falou, quem sou eu para discordar?

Isso de "minha terapeuta disse" é uma ótima desculpa, né? Não posso negar que, várias vezes, cogitei descontar a raiva guardada de algumas pessoas, sobretudo da época da faculdade, dando um soco na cara delas. Se eu fosse em cana, bem que poderia dizer: "Foi minha terapeuta quem mandou", né? Mas precisaria combinar com ela antes. Enfim, desculpa o sumiço. Vou fazer um resumão do que rolou nesses últimos oito dias.

Tiago deu aquela sumidinha básica que eu já esperava, de uns dois dias. Depois apareceu lá em casa com um vinho, não saímos para jantar, e ele acabou não dormindo lá. Sumiu um dia de novo, ligou no outro, dormiu lá em casa no próximo e desapareceu nos dois seguintes. Só foi mandar mensagem hoje de manhã. Sei lá se isso é um jogo ou se é o jeitão dele. Falei com minha terapeuta sobre isso e ela disse que pode ser uma forma de defesa dele. Vai ver tem medo de se apaixonar, de realmente se entregar. Algum tipo de bloqueio.

Não cheguei a comentar dos telefonemas que ele recebe. Não acho que tenha a ver. Se minha terapeuta acha que ele tem medo de se apaixonar, quem sou eu para dizer o contrário, né? Estou conformada com a situação. Tem um detalhe: Tiago é aquariano. Eles são assim, né? Gostam de liberdade, de se sentir soltos, não querem ficar presos, precisam ter seu espaço... Estou tentando lidar com isso e respeitar, apesar de que gostaria de que ele fosse mais presente.

Confesso que fico frustrada com essas atitudes. Até porque o fim de semana que tivemos, mesmo com o Henrique aparecendo no café e toda a bagunça, foi tão incrível! A gente se conectou. E, de repente, chá de sumiço de novo. Haja paciência para saber lidar com aquariano. Eu, hein?!

Na casa da Gio, tudo igual. Chego no horário, tomamos café juntas e começo a trabalhar. Henrique deu uma acalmada e até se afastou. Depois que me viu com o Tiago, ficou realmente com raiva. Feriu o ego dele, acho. Sempre foi orgulhoso. Leonino. Mas, por mais que ele tenha ficado mal, está fingindo que está bem. Pelo menos é o que parece. Ou vai ver está bem mesmo. Vai saber... Mas foi bom ele ter me visto com outro cara. Se tocou que a fila andou. E foi bom para mim também, que não fico mais nessa mistura de emoções e sentimentos. Quem sabe se as coisas logo ficarem sérias com o Tiago eu corte de vez o laço que tenho com o Henrique?

Sobre a Denise: ELA CHEGA HOJEEEEE. Vamos sair para jantar, já deixamos tudo combinado. Vem do aeroporto direto para cá. A noite promete. Estou empolgada para rever minha melhor amiga. Beijo, diário! Amanhã conto tudo.

2 de junho

O reencontro com a Denise foi uma tragédia. Não por causa dela, coitada. Longe disso. Rever minha melhor amiga foi ótimo. O problema é que eu realmente devo ter hackeado o Instagram de Deus e postado uma nude minha lá. Só pode.

Às oito, a campainha tocou. Fui em direção à porta dando saltinhos.

— AHHHH! — berramos em uníssono.

O abraço durou uns seis minutos. Que saudade que eu estava daquela doida. Ainda bem que ela tinha voltado!

— Meu Deeeeeeus, senti tanto a sua falta!

— Olha só para você, está tão linda!

Ela gritava e pulava, agarrada em mim.

— Para de bagunçar meu cabelo, imbecil. Temos um jantar e preciso estar gata, porra! — eu disse, rindo.

— Gata para mim? Ih, amiga. Relaxa. Já te vi nas piores situações. Não é um penteado que vai me conquistar. Já segurei muito seu cabelo para você vomitar quando voltávamos bêbadas da balada na faculdade.

Mais risadas. Íamos jantar juntas no restaurante do Rodrigo, um amigo nosso da faculdade que virou chef de cozinha. Ele tem um restaurante superchique e dá comida de graça para a gente. Comeríamos bem, beberíamos horrores, não pagaríamos nada, e o Rodrigo vez ou outra sairia da cozinha para sentar na nossa mesa e relembrar os tempos de faculdade. Ele é nosso amigo gay confidente e vive contando todas as fofocas das celebridades que chegam lá causando tumulto, dando ataques de estrelismo ou terminando relacionamentos. Sabíamos tudo em primeira mão. Ia ser uma noite divertida. Tinha tudo para ser. Tinha.

Fui com uma calça social nude, camisa branca, escarpim preto, jaqueta jeans cool por cima e meu batom vermelho de guerra. Denise foi com um vestido azul-marinho que batia na altura do joelho com blazer e bota marrom-escuros.

— Amiga, sério. — Fui empolgada entrando pela porta giratória do restaurante, com Denise logo atrás de mim — Você precisa conhecer pessoalmente o...

— Tiago — ela me interrompeu séria.

— Sim, ele mesmo, amiga.

Percebi que Denise estava olhando para um ponto fixo. Parei de sorrir e acompanhei o olhar dela. Adivinha o que ela tinha visto que a havia deixado com aquela cara de bunda? O Tiago. Sentado numa mesa. Com uma mulher. Os dois usando aliança de ouro na mão esquerda.

Fiquei paralisada. Meu coração acelerou e meu queixo caiu. Quando nos demos conta, estávamos paradas na porta do restaurante, chocadas com a cena à nossa frente.

Então era isso. Tiago era casado. Por isso vivia sumindo. Por isso recebia telefonemas e não atendia, por mais que eu insistisse. Por isso ficava incomodado e de certa forma com raiva quando aquilo acontecia. Por isso nunca topava sair para jantar comigo. Porque, caso nos vissem juntos, poderiam contar para a ESPOSA dele. Ai.

Tiago era casado. Tiago tinha uma esposa.

Tiago era casado. Tiago tinha uma esposa.

Tiago era casado. Tiago tinha uma esposa.

Aquilo ficou ecoando na minha mente e me deixou tonta. Meus olhos estavam cheios de lágrimas, meus punhos, cerrados e meu maxilar, travado. Eu estava tremendo de ódio. Comecei a chorar e senti alguém me puxando com a maior força desse mundo para trás de uma planta enorme.

— Calma. Respira.

Denise enxugou minhas lágrimas. Os punhos dela também estavam cerrados.

Nossa amizade era foda. Quem mexesse comigo tinha automaticamente feito o mesmo com ela. Denise estava tão puta e chocada quanto eu. Ou até mais. Mas eu não tinha como medir aquilo. Eu só conseguia hiperventilar.

— Ei, ei, ei. Calma!

Ela tapou minha boca e começou a me abanar com a outra mão.

— Amiga... A... Ami... Denise...

Comecei a chorar copiosamente, escondendo o rosto nas mãos.

— Calma, calma! Respira comigo...

Denise me ajudou a recuperar minha respiração para que eu não entrasse em pânico.

— Meninaaaaaassss! Que saudades!

Rodrigo veio escandalosamente até nós e algumas mesas olharam para a gente. Tiago e a esposa não, graças a Deus. Continuaram hipnotizados um pelo outro.

Rodrigo me viu chorando.

— Ih, gente, que climão. Comeram e não gostaram?

Ele caiu na gargalhada, mas eu continuei estática e Denise o fitou, séria. Então Rodrigo entendeu que a situação era preocupante.

— Desculpa, meninas. Vem cá, que bafo é esse? — perguntou ele sussurrando.

— Eu... Eu... Eu...

Tentei contar o que estava acontecendo, mas comecei a chorar novamente.

Então Denise tomou as rédeas da situação. Contou que eu tinha me envolvido e me apaixonado por um cara que tinha acabado de ver ali com a esposa.

— Que babaaaado! Bicha, estou arrasado! Eles acabaram de chegar. Sentaram não tem nem cinco minutos! — ele disse, colocando a mão no queixo.

— Que filho da puta... Sou uma idiota.

— O quê? Cala a boca, Sara. Se tem alguém que é idiota aqui é o Tiago. Você foi foda, isso sim. Se entregou e acreditou em alguém. É um baita sentimento *da hora*. Você tem caráter. Quem traiu a esposa e ainda envolveu uma terceira pessoa, mentindo e seduzindo, foi ele! O Tiago é o cuzão, o babaca, o idiota da história. Você está longe de ser idiota — Denise falava tão rápido que chegava até a cuspir.

Rodrigo ficou em silêncio nesse tempo todo, então nos segurou pelo braço com força.

— Tenho um plano. Sara, você vai ter que ser forte e usar tudo o que aprendeu naquele ano de teatro no ensino médio. Denise, fica comigo caso precise segurar a Sara.

E lá fomos nós três, eu e a Denise de cabeça abaixada, em direção à gerência do restaurante. Respirei fundo uma vez. Duas vezes. Três. Na quarta, comecei a hiperventilar de novo.

— Sara, para! Fica calma, amiga — disse a Denise, tapando minha boca e me abanando.

— Tô ficando sem ar — falei, o som abafado por causa da mão da Denise na minha boca.

— Foi mal — ela disse, tirando a mão.

Tentei me acalmar. Rodrigo virou para mim e contou seu plano. Respondi, nervosa ainda, mas com alguma vontade de rir:

— Vocês são dois malucos! E eu também, por entrar na de vocês!

— Relaxa. Vai dar certo! — Rodrigo disse, me levando de volta ao salão.

— Vocês têm certeza?

Eles fizeram que sim com a cabeça e me empurraram porta afora. Saí desconfiada, com o coração acelerado, porém decidido. Respirei fundo e fui em direção à mesa do Tiago.

— Oi, com licença. Já sabem o que vão pedir?

E lá estava eu. Vestida de garçonete, olhando fixamente para ele. Meu coração estava quase pulando para fora do peito, mas eu estava tão puta que meu ódio se transformou em autoconfiança. A frase saiu com extrema firmeza e simpatia.

    A cara do Tiago foi impagável. Fiz questão de ficar encarando. Era uma mistura de susto, sorriso de canto de boca meio sem jeito, olhada para a esposa, engolida em seco e desviada de olhar. Ele reagiu de mil formas em uma fração de segundo.

    — Sim, vamos querer um vinho — disse a esposa, que era muito bonita, por sinal.

    — Um vinho? Humm, alguma data comemorativa? — eu me atrevi a perguntar.

    — Sim — ela respondeu. — Três anos de casados!

    Arfei, mas abri um sorriso junto. Senti um arrepio na nuca e meu estômago embrulhou. Achei que fosse passar mal. Olhei para a gerência e vi a cabeça do Rodrigo e a da Denise através do vidro circular da porta. Estavam me incentivando, dizendo "continua", "vai", "isso", com o polegar para cima.

    — Três anos de casados? Poxa, que dia especial! O senhor gostaria de escolher o vinho?

    Olhei fixamente nos olhos dele.

    Tiago tossiu e desviou o olhar. Juro que queria muito saber o que estava passando na cabeça dele naquele momento. O jogo estava começando a ficar divertido. Eu tinha uma noite inteira para torturar o cara. Estava só começando.

    — Pode ser qualquer um...

    Ele tossiu novamente.

— Qualquer um? — ela perguntou, meio brava. — Poxa, amor... Você ama vinhos! Costumava escolher uns legais pra gente.

— Você ama vinhos? Qual é seu nome? Desculpe perguntar — eu disse.

— Tiago — ele respondeu baixinho e sem graça.

— Então, Tiago, se você ama vinhos, tenho certeza de que já deve ter tomado muitos com sua esposa e compartilhado momentos maravilhosos em sua companhia. Vocês devem ter rido, se divertido, se conhecido melhor, se amado... Não é mesmo?

— Puxa, amor! Parece até que ela conhece nossa história.

Ela riu, simpática. Sorri de volta.

— Acho que vale uma escolha especial para agradar sua esposa. Essa ocasião tão especial merece o vinho perfeito. E, do meu ponto de vista, um brinde! — eu disse convincente, mas sabendo que ele sentia cem por cento do meu sarcasmo.

— Pois é... — Tiago concordou sem graça, recebendo todas as indiretas com sucesso.

A esposa dele parecia ser uma pessoa adorável. Eu tinha pena dela por ser casada com um babaca que pulava a cerca. Eles estavam comemorando três anos. Será que aquela tinha sido a primeira traição? Não que eu tivesse o direito de julgar... Mas, droga, encontrei o cara no Happn. Não dava para acreditar que só tinha entrado naquele dia. Triste realidade. Minha vontade era contar a verdade, que tinha sido (era?) amante dele. Ai. Até doía pensar. Mas eu era aquilo. A amante. Sem saber, mas era. Queria abrir os olhos daquela mulher, que parecia ser incrível. Uma esposa amorosa para a qual Tiago não dava valor. Machista sem caráter. Um nojo enorme foi tomando conta de mim, ao mesmo tempo que um sadismo. Eu ia torturar aquele desgraçado a noite toda.

— Pode ser esse aqui — Tiago respondeu baixo, apontando um vinho no cardápio.

— Ótima escolha. Vinho francês é tão romântico. Ótimo para dividir, especialmente quando existe sentimento envolvido. — Virei para a esposa. — Olha, desculpa a intromissão. É que sou muito conectada com o cosmo...

— Imagina, adorei você! — ela disse. — Pode falar tudo o que quiser!

— Tudo? — perguntei.

— NÃO! — Tiago ergueu a voz desesperado.

Nós duas olhamos assustadas para ele.

— Amor, o que foi? — ela comentou baixinho e meio sem graça. — Desculpe. Não sei o que deu nele.

— Sem problemas. Posso ir, se ele estiver incomodado.

— É melhor — ele disse, ríspido.

— Tiago! — A esposa deu um tapinha no braço dele e me olhou súper sem graça. — Desculpa. Ele não é assim grosso normalmente. O que foi, amor? — Ela segurou seu punho. — Para, que coisa ridícula.

Tiago estava nitidamente nervoso.

— Preciso ir ao banheiro.

Ele se soltou da mão da esposa e passou por mim, esbarrando no meu ombro e me desequilibrando.

— Meu Deus. Mil desculpas. Não sei o que aconteceu, mas ele não está bem!

Pobre mulher. Tão adorável e inocente. Senti tanta pena e tanto carinho por ela. Queria virar sua amiga. Queria contar tudo o que estava acontecendo. Ela não merecia um babaca daqueles. Respirei fundo e me retirei pedindo licença. Voltei para a sala da gerência, arfando.

— Deusssss...

— GAROTA, VOCÊ TOMBOU! — disse Rodrigo, visivelmente alterado, com seu topetinho cheio de gel meio descabelado.

— Sara, vou fazer um cartaz escrito "sou sua fã" depois de hoje!

Denise ria, girando descontroladamente a cadeira de escritório em que estava sentada.

— TÔ ARRASANDO! — gritei.

Nos abraçamos e pulamos, rindo. Por um minuto esqueci de quão merda era a situação.

— O que eu faço agora? — perguntei, meio desnorteada.

— Continua a atender os dois! — incentivou Denise.

E continuei. Provocando Tiago com indiretas, deixando o cara desconfortável, provocando oscilações em seu humor. Até que precisei de um ar e saí pelos fundos do restaurante. Queria ficar um pouco sozinha naquela noite de meia estação do outono paulistano.

Precisei expirar toda aquela loucura de encontrar com o Tiago e a esposa num restaurante, numa noite em que só estava planejando jantar com a Denise e dar risadas. Refletir sobre o fato de que o cara com quem eu estava envolvida era casado e me encarava como uma diversão para as horas que sobravam na vida dele. Enquanto eu dava total prioridade à nossa relação. Me senti mal por não ter ouvido a Denise. Eu devia ter ido com calma. Devia ter prestado mais atenção nos telefonemas estranhos. Devia ter me colocado em primeiro lugar. E devia ter lidado com a perda do Henrique sem usar o Tiago para tapar buraco.

Uma raiva imensa foi tomando conta de mim. Eu não me sentia capaz, não me sentia o suficiente. Era como se eu sempre precisasse de algo para preencher uma lacuna. Como se eu sozinha não me bastasse. Uma carência que eu nem sabia ao certo o que era. Comecei a querer chorar e ao mesmo tempo socar o ar. As lágrimas escorriam e eu nem me preocupava em limpá-las. Uma angústia enorme tomou meu peito e eu só queria ir para casa, tomar um banho e chorar. Muito. Mas fui interrompida. Alguém chegou abrindo a porta dos fundos.

— Pelo amor de Deus, chega! Eu me rendo. O que você quer de mim?

E lá estava o Tiago. De ombros caídos, derrotado, exausto pelo terror psicológico da noite. E lá estava eu, debulhada em lágrimas, também de ombros caídos e exausta.

— Quero que você suma — respondi num rosnado.

Silêncio. Ele se aproximou. Eu deixei. Já não sabia como reagir, como me manter forte diante daquele misto de emoções.

— Desculpa pela bagunça — ele disse baixo, se entregando.

— Vai se foder, Tiago — resmunguei.

— Não aguento mais meu casamento — ele desabou.

— O problema é seu. Seja homem o suficiente para resolver isso em casa antes de sair por aí conhecendo outras pessoas e envolvendo o coração delas na sua confusão!

As lágrimas escorriam, e não eram poucas.

— Você está certa.

Ficamos em silêncio. A distância entre nós era de poucos centímetros. Eu queria socar e abraçar o cara ao mesmo tempo. Ele tentou me segurar, mas eu o empurrei automaticamente.

— Some da minha vida.

— Tem certeza? — Ele me olhou, meio fragilizado. — E se eu terminar tudo e a gente recomeçar do zero?

— Não tem a menor chance de eu confiar em você depois de descobrir o tamanho da sua canalhice.

— Sara, as pessoas erram. E foi tão bom esse nosso passatempo.

Choque. Passatempo?

— Passatempo? Foi isso que eu fui para você? Mero passatempo? — comecei a levantar a voz sem perceber. — Qual é o seu problema?

Com o ódio que eu estava sentindo, não tinha muito discernimento do que era certo ou errado, e estava prestes a ir para cima dele. Sorte que Denise e Rodrigo chegaram para apartar.

— Sara!

— Some da minha vida, seu babaca! — gritei, enquanto era puxada para dentro do restaurante.

Cheguei em casa depois de ficar algum tempo dentro da sala da gerência esperando o Tiago e a esposa pedirem a conta, o que não demorou muito. O que demorou mesmo foi o tempo que eu fiquei lá com eles chorando. Era um acúmulo de coisas. Ter dado errado com o Henrique e com o Tiago. Eu me sentir frustrada profissionalmente, sozinha e carente. Rodrigo e Denise ficaram comigo e depois me levaram para casa. Ela se ofereceu para dormir comigo, mas preferi ficar sozinha. Bloqueei o número do Tiago. Não queria ver o cara nem pintado de ouro na minha frente. A noite terminou numa conchinha com a Mimosa (para variar).

2 DE JULHO

E aí, diário? Um mês depois, estou de volta. Precisei de um tempo. Não senti vontade de escrever. Precisei de terapia para entender minha carência e tudo o que aconteceu entre mim e o Tiago. Ele nunca mais apareceu aqui em casa, que acho que era a única forma que ainda tinha de entrar em contato comigo. Não que eu quisesse.

Minha terapeuta tem sido ótima, me ajudando a entender essa dificuldade de ficar sozinha. Mas estou pronta para outra. Dane-se. A Denise voltou para o ateliê e continua insistindo que devo confiar na vida e deixar as coisas fluírem. Insisto que eu estou com vinte e seis anos e preciso logo do meu marido. Por mais que a terapeuta e a Denise tenham me feito bem, continuo no desespero. Daqui a pouco chego aos trinta e fico pra titia mesmo.

Quanto ao Henrique, estou tentando ficar bem. Bate uma saudade às vezes. Ainda tenho momentos de fossa em que recorro às músicas que ouvíamos juntos, choro e me descabelo. Depois, respiro fundo e dou uma melhorada. O processo de término é assim mesmo. Não superei cem por cento, mas uns trinta acho que sim. Todo amor se transforma. O que eu tenho pelo Henrique agora é um carinho pelo que vivemos e gratidão por ter entrado na minha vida e me ajudado a evoluir. Já entendi que não voltaria com ele depois do que fez comigo e que não estou disposta a tentar confiar de novo. Aprendi muito com o Henrique. E é para isso que os relacionamentos vêm e vão nas nossas vidas. Para a gente aprender. Viu? Estou toda terapeutizada. Já posso até escrever um livro de autoajuda.

    Pff. Péssima ideia. Ainda preciso de muita ajuda. E essa é a lição de hoje. Vou reler um dia esse diário, casada e com filhos, e dar risada. E nunca vou esquecer que a vida sempre nos ensina algo.

3 de julho

Eu e a Denise decidimos que era noite de dançar. Fui para a casa dela para nos arrumarmos juntas.

— Ei, me empresta uma roupa sua? — perguntei logo que ela abriu a porta.

— "Oi" para você também — ela respondeu, rindo.

— Mas empresta?

— Claro. Pega aquele meu vestido branco! Veste super-bem em você. Mas cuidado que eu morro de ciúmes dele, hein?

— Ei, alguma vez já estraguei roupa sua?

— Não, e é bom que essa não seja a primeira! — Ela riu. — Você é toda desengonçada para comer. Se a gente for para alguma lanchonete depois e você derrubar ketchup no meu vestido, eu te mato.

— Relaxa aí, fofura!

Empurrei o ombro direito dela e entrei no apartamento.

Dei uma bagunçada no meu cabelo com babyliss, fiz a maquiagem de sempre, me vesti e fiquei pronta no sofá esperando por ela.

— Vai logo, caramba. Você demora muito para se arrumar, Denise — reclamei, balançando as pernas impaciente.

— Calma aí. Estou terminando o cabelo!

Aquilo significava que ia demorar mais meia hora. No mínimo.

— Cara, quando você for casar vai ter que começar a se arrumar com três dias de antecedência! Você é lerda pra caramba — reclamei.

— Eu juro que está acabando!

Ela passou do banheiro para o quarto de toalha.

Nem vestida estava ainda.

— Qual batom? Vermelho ou nude? — Denise perguntou, chacoalhando os dois no ar.

— Nude. Já estou de vermelho.

— Qual é o problema de eu ir de batom vermelho também? — ela perguntou, colocando a mão na cintura.

— Caso a gente fique bêbada e se beije de novo, a sujeira vai ser menor. Se as duas estiverem de batom vermelho, vai parecer que somos vampiras.

— Hummm, verdade — ela concordou rapidamente e voou para o banheiro.

Depois de exatos quarenta e oito minutos, cinco trocas de roupa, mais um pouco de enrolação e dúvida entre dois sapatos, finalmente fomos para a balada. Chegando lá, o mesmo de sempre. A galera bêbada, casais felizes, alguns conhecidos. Nada de novo.

— Que carinha de bumbum, hein, amiga? — disse Denise, balançando o corpo de um lado para o outro ao ritmo da música.

— Preguiça dessa mesmice, né?

— Ah, qual é? Para com essa vibe negativa e vem!

Ela me puxou para o meio da pista e começamos a dançar. No começo eu estava mais contida, mas fui me empolgando aos poucos com a batida da música. Quando vi, estava toda suada e rebolando até o chão. Denise era o tipo de amiga que animava até um velório. Já era difícil que ficasse mal-humorada, e ainda adorava dançar.

— Já venho. Vou pegar um drinque — eu disse, enxugando com a mão o suor da nuca.

— Beleza, não demora! — ela gritou.

A música estava tão alta que eu mal ouvi. Praticamente tive que deduzir o que ela havia dito.

Com a casa lotada, estava praticamente impossível atravessar da pista para o bar. Havia muito empurra-empurra, e meus peitos iam de encontro com os de outras garotas disputando o mesmo espaço. Visualizei um espaço vazio e voei para ele. Consegui ir me espremendo até o bar, peguei bebidas e levei para a Denise. Dançamos e fomos ficando bebinhas. A balada começou a esvaziar, mas nós duas seguimos firme na pista. Um grupinho de caras chamou a minha atenção. Um deles meio que parecia ser o líder, e tinha muitos amigos. Toda hora alguém ia lá falar com ele.

— Denise, hoje a gente não vai embora sozinha — falei meio enrolado.

— Qual é o plano, amiga? — ela respondeu enrolado também.

— Vem comigo!

Eu a puxei até a rodinha de caras.

— E aííí, pessoal?

Cheguei empurrando dois caras que estavam fechando o círculo.

— Opa, parece que a garota mais gata da festa resolveu vir fazer amizade — disse o cara que era o centro das atenções. Justo o que eu tinha apostado ser o mais sociável de todos. Ele não era tão gato, mas era sexy. Era mais charmoso do que bonito.

— Vem cá, galã. Vi que você tem vários amigos. Não tem um para apresentar para essa bela dama aqui?

As palavras completamente emboladas. Lá estava eu, depois de alguns drinques, fazendo papelão.

Ele riu. Sua cabeça era raspada e seu corpo era robusto. Usava uma camiseta preta justa, um jeans escuro e uma camisa xadrez amarrada na cintura.

— Prazer — ele disse, um sorriso de canto de boca.

— O prazer é todo meu. — Fui dar a mão, mas errei e acertei o ar. — E aí? Cadê os amigos que você vai me apresentar?

— Para que conhecer meus amigos quando você pode me conhecer?

E bastou aquela olhada. Depois dela eu puxei o cara para um beijo. Sem nem perguntar o nome dele. O jeito que ele me olhava me dava tesão. Passamos o resto da festa juntos. Praticamente todo mundo da balada vinha falar com ele. Cumprimentavam, cochichavam coisas no seu ouvido. Ele sorria bastante. Também parecia bêbado. Denise pegou um amigo dele, e assim seguimos a noite. Dançando e bebendo.

Em determinado momento, o cara com quem eu estava ficando colocou um chiclete entre os dentes e me ofereceu. Achei sensual e fui pegar com a boca. Então percebi que não era chiclete nada. Era um comprimido amargo, que me fez salivar muito na hora. Estava muito bêbada, mas cuspi o treco na hora.

— O que era aquilo? — perguntei, confusa.

O cara sorriu maliciosamente para mim.

— Rá. Essa foi boa. Quase me convenceu. Até parece que você não sabe. Mas beleza você não querer tomar.

— Sério, o que é? — perguntei.

— Ecstasy, baby — ele respondeu com naturalidade.

Eu só tinha fumado maconha uma vez na vida, mas logo depois comecei a chorar em posição fetal. Não entendia nada de drogas.

— Meu... Deus...

Continuamos bebendo, e depois disso não lembro de quase nada.

Quando acordei, não foi em casa. Estava... nua?

— Puta merda — resmunguei.

Meu coração acelerou. Eu estava sozinha, num quarto com pouca mobília. A cama ficava na altura do chão, o edredom era azul-marinho e o vestido branco da Denise estava jogado no chão. Meus sapatos estavam próximos da porta, que estava fechada. Meus olhos iam se arregalando à medida que eu tentava sem sucesso lembrar como tinha ido parar lá. Minha cabeça doía e a claridade do quarto incomodava. Olhei ao redor procurando meu celular e não achei.

— Cacete, acho que eu fui sequestrada e ainda transei com o sequestrador.

Um barulho de mensagem ecoou pelo quarto. Veio do meio do edredom. AMÉM, EU TINHA COMO LIGAR PRA POLÍCIA SE AQUILO FOSSE UM SEQUESTRO! Ou um "sexoquestro". Deus, o que eu estava fazendo com a minha vida? Baguncei desesperada aquela mistura de edredom e travesseiros. Achei o celular, respirei fundo e desbloqueei a tela. Tinham sete ligações perdidas da Denise, às quatro da manhã, e uma mensagem da minha mãe no grupo da família no WhatsApp. Tadinha, mal sabia que a filha na noite passada tinha ficado mais louca que ela no próprio casamento. Sim, minha mãe bebeu tanto antes do casamento que na hora de dizer "sim" pegou o microfone da mão do padre e começou a cantar "Evidências", do Chitãozinho & Xororó. Uns primos do interior tiveram que tirar o microfone dela e meu pai a segurou. E então ela começou a chorar. Essa é a minha mãe, com quem eu tenho falado pouco por causa da correria da vida, mas que eu amo muito.

Denise tinha acabado de me mandar uma mensagem.

Onde você tá?

Tirei uma foto fazendo cara de perdida, com o edredom cobrindo meu corpo, e enviei para ela.

Não faço a menor ideia. Eu literalmente acabei de acordar e vi que não estou em casa.

HAHAHA. Meu Deus! Você precisa de ajuda?

Não sei! Você lembra de alguma coisa?

Você sumiu com aquele carinha que tava pegando. Tentei te ligar, mas você não atendeu.

A porta abriu. Escondi o celular rapidamente no meio das pernas e meu coração acelerou.

— Bom dia, dorminhoca.

Ufa. Era mesmo o cara que eu tinha pegado na festa. Ele estava trazendo o café da manhã em uma bandeja para mim.

— Oi — respondi, sem saber como reagir. Tentei sorrir, mas acho que pareceu mais que estava fazendo cara de nojo.

— Ressaca? Trouxe água de coco para você, baby.

Ele entregou a bandeja que também continha ovos mexidos, pão e um comprimido.

— De novo isso? — me exaltei, pegando o comprido e chacoalhando no ar. — É perigoso!

— O quê? Remédio para ressaca?

Ele riu. Olhei melhor e constatei que era verdade, mas o larguei na bandeja por via das dúvidas.

— Ah...

— Curtiu ontem?

Ele se jogou do meu lado na cama e me deu um beijo no ombro.

O.k., aquilo estava bizarro e além do meu entendimento. Na minha cabeça a história era assim: eu tinha saído com a Denise e estávamos dançando. De repente conheci um cara, que quase me fez tomar ecstasy, e acordei na cama dele.

— Vem cá... A gente usou camisinha?

— Hã?

Ele gargalhou.

— Não entendi o motivo da risada, minha pergunta foi séria.

Fiquei estática.

— Baby, estou rindo porque não rolou nada.

— Hein?

Minha cabeça virou uma confusão maior ainda.

— A gente não fez nada. Você veio para casa comigo, chegou dizendo que estava com muito calor, tirou a roupa, deitou e capotou.

Ele gargalhou de novo.

Olhei para ele, vi que estava de regata e calça de moletom. Não parecia suspeito. Fiz força tentando lembrar alguma coisa, sem sucesso. Eu estava de calcinha pelo menos. Talvez não tivesse rolado nada e ele estivesse falando a verdade.

— Ufa — suspirei.

— Ufa? Por quê? Não ficou nem um pouco a fim?

Ele se aproximou. Era charmoso, tinha seu valor. Uau, se tinha. Ele me beijou. Foi bom, e agora que eu estava sóbria conseguia avaliar melhor se tinha química de fato entre nós. E tinha. Muita. Aí, sim, rolou. E, sim, com camisinha. O café da manhã esfriou na bandeja. Saímos para comer, mas já era mais um café da tarde, em uma lanchonete meio bar.

— Você vai ficar muito chateado se eu disser que não sei seu nome?

Me encolhi na cadeira, escondendo o rosto atrás da xícara de café.

— Nem um pouco. — Ele riu. — Kayo.

— E você? Sabe meu nome?

— Você se apresentava para mim toda vez que voltava do banheiro ontem, Jussara.

— Meu Deus, eu falei que meu nome era Jussara?

— É, mas eu já sei também que você prefere que te chamem de Sara. — Kayo deu de ombros. — Gosto do seu nome.

— Ah, é?

— É. Minha tia também chama Jussara. Tenho um carinho por esse nome.

— Tá vendo por que eu odeio? — Revirei os olhos. — É nome de tia!

— E qual é o problema? Se você for gente boa igual minha tia, vou gostar mais ainda de você.

Revirei os olhos novamente.

— Sua tia é casada?

— É. Por quê?

— Ufa — suspirei.

Ele riu.

— Não entendi a pergunta. Ficou interessada? Vai pedir para eu apresentar minha tia igual pediu para eu apresentar meus amigos ontem?

— É que eu tenho medo de ficar pra tia.

Ele deixou a xícara na mesa e segurou minha mão.

— Como assim?

— Eu tenho vinte e seis anos... Se até os trinta não estiver casada e com filhos, já era. Fiquei pra titia.

Kayo riu novamente e respirou fundo. Silêncio.

— Que foi?

— Você tem uma grande crise existencial aí — ele falou sério, olhando os carros passarem na rua.

— Você acha que é uma crise existencial?

— É lógico que é. Eu já tenho trinta e ainda não casei. E não estou com medo de ficar pra titio — disse ele.

— É que tudo é mais fácil para vocês, homens...

Kayo me olhou e balançou a cabeça negativamente.

— Como você pode garantir isso? — ele perguntou.

— Vocês não têm que se preocupar com idade ideal para ter filhos, podem ser pais com qualquer idade. E mulheres gostam de homens mais velhos. É até mais atraente!

Ele continuou sério.

— Entendo, mas acho que você deveria relaxar um pouco.

Ele chamou o garçom.

— Me vê um chope? — Então virou para mim. — Quer?

— Não, valeu. Ainda estou absorvendo o álcool de ontem.

— Tem certeza? Álcool ajuda a relaxar. Você está tensa...

Cruzei os braços.

— Tá. Pode ser então.

Bebemos o primeiro chope praticamente numa virada. Ele pediu outro. Eu não.

— Você acredita nisso de "felizes pra sempre"? — Kayo perguntou, terminando o segundo copo.

— Acredito. Por isso quero conhecer logo meu futuro marido.

— Entendi. — Ele tirou um cigarro do bolso e acendeu. — Quer?

— Não, valeu. Eu não fumo...

— Já experimentou?

— Já, faz uns dez anos. Mas tossi muito.

— Quer tentar de novo? Nicotina também ajuda a relaxar...

— Ecstasy ontem à noite, mais álcool hoje, e agora você me oferece cigarro? — Eu ri. — O que mais você usa?

— Cocaína às vezes — ele disse, sério.

Silêncio.

— Uau — soltei, no impulso. — É sério?

— É, mas só às vezes... Quando o ecstasy não bate.

— Nossa, mas por quê?

Ele deu uma tragada longa e profunda no cigarro e soltou a fumaça rindo.

— É o jeito que arranjei de lidar com minhas frustrações — ele desabafou.

— E quais são suas frustrações?

— Sou promoter.

— E isso é uma frustração?

Kayo tragou o cigarro profundamente mais uma vez e soltou a fumaça para cima.

— Eu queria ser médico. — Ele começou a rir. — Mas sou muito burro para isso. Fiquei sete anos fazendo cursinho e depois meus pais não deram mais conta de pagar. Tive que começar a trabalhar e me virar para ter grana. Já fiz tudo o que você pode imaginar para me sustentar.

Descruzei os braços e me apoiei na mesa.

— Tipo o quê? — perguntei.

— Já fui animador de festa infantil, garçom, barman, vendedor de uma loja de camisas masculinas... Até que um amigo me chamou pra fazer um bico como promoter e cá estou até hoje nessa.

— Humm, entendi. E você não gosta nem um pouquinho de ser promoter?

— De todos os empregos que tive, é o que eu mais gosto e no que estou há mais tempo. É legal, conheço muita gente, vou em todas as festas e bebo de graça. — Ele riu, mas de um jeito meio triste. — Beber de graça é a melhor parte.

— Ah... — Abri um sorriso meio forçado. — Você costuma beber muito?

— Muito.

E mais uma risada triste.

Concordei com a cabeça.

— Entendo esse seu lance de querer casar — ele disse, acendendo outro cigarro.

— Mas você não acabou de falar que não era para eu ficar desesperada?

— E não é mesmo. Você ainda tem vinte e seis anos. Muita coisa vai acontecer na sua vida. Você é jovem e linda.

— Isso é só o que as pessoas dizem para tentar me acalmar. Mas não ajuda em nada. Continuo desesperada. O tempo passa rápido. E não curto muito esse lance de sair por aí pegando geral.

— Ah, não?

Kayo riu como quem dizia "E o que rolou entre a gente?".

— Sei que ontem não foi o melhor exemplo.

— Uau, obrigado pela parte que me toca.

— Não! Não me leve a mal... É só que... Acho esse lance de pegação por pegação muito vazio, entende?

— Entendo. — Ele abaixou a cabeça. — Ô se entendo. Isso já ferrou minha vida.

— Ah, é? Você costuma pegar todo mundo sem pensar no amanhã?

Ri, mas ele continuou sério. Talvez eu tivesse falado alguma besteira, mas não conseguia identificar o quê.

— Falei algo errado?

— Não... — Ele olhou para os carros passando na rua. — Também já quis casar.

— E não quer mais?

— Não sei...

— Como não sabe?

Kayo respirou fundo.

— Isso aqui está parecendo uma sessão de terapia — ele resmungou, dando uma tragada.

— Tudo bem, não precisa falar se não quiser.

— Prefiro voltar para casa e transar.

Imitei o barulho de uma daquelas campainhas de programa de auditório.

— Essa não é uma opção válida no momento. — Ri. — Fiquei curiosa agora. Como assim você já quis casar e agora não sabe mais se quer?

Aquilo estava tomando um rumo estranho, confesso. Não era a conversa ideal para se ter com um cara que você conheceu na noite anterior. Mas eu estava meio entediada e de ressaca. Era o que tinha para o momento.

— Só amei de verdade uma vez na vida. O resto foi resto.

Semicerrei os olhos. O.k., aquilo tinha se tornado oficialmente esquisito. Ele só havia amado uma vez na vida e pelo jeito eu me enquadrava no resto.

— Como assim o resto foi resto? — perguntei, meio grosseira.

— O resto foram lances. Namoricos, pessoas que eu achava que amava, mas não amava de verdade. Namoros que começavam e terminavam, e eu ficava numa boa. *Next*! Sabe? Mas minha última ex-namorada, essa foi de verdade. — Ele ergueu o braço para chamar a atenção do garçom. — Me vê mais um chope?

Pronto, eu estava sendo a psicóloga de um cara que fugia da realidade com bebida e drogas, com quem eu, por acaso, tinha acabado de transar.

— E o que aconteceu? — perguntei.

— Estraguei tudo.

Kayo abaixou a cabeça.

— Como?

Peguei um cigarro dele.

— Uau, vai tentar fumar? Dez anos depois da sua primeira tentativa?

E por que não? Eu já estava na merda mesmo.

— Como eu faço? — perguntei.

Ele sorriu e balançou a cabeça.

— É errado eu achar meigo você me perguntar isso? — Ele pegou o cigarro da minha mão. — Eu acendo para você.

Kayo semicerrou os olhos, protegeu o cigarro do vento com a mão esquerda e acendeu com a mão direita. Deu uma tragada antes de me passar.

— Você puxa a fumaça e inspira, depois assopra.

Segurei o cigarro de um jeito não muito convencional. Ele arrumou minha mão e eu fui. Puxei. Inspirei.

Cof.

Cof.

COF.

COF, COF, COF.

— Meu... Cof, cof... Deus! Cof... — Comecei a tossir sem parar, e meus olhos lacrimejavam. — Como você, cof, consegue fumar?

Kayo começou a gargalhar.

— Eu queria ter filmado isso. Você parece uma menina de treze anos que pegou um cigarro escondido dos pais.

Ouvir aquilo me fez sentir certo alívio e tirou o peso de ser adulta e das responsabilidades das minhas costas. Sorri. Puxei a fumaça novamente.

COF, COF, COF, COF.

— Talvez, cof, isso não seja, cof, para mim... — eu disse, fechando os olhos. — Que tontura ruim!

— Sara, tenho boas notícias — ele disse, pegando o cigarro da minha mão.

— O quê? Cof, cof.

— Você ainda é uma menina. E saudável.

Rimos.

— Não fumar me transforma em uma menina?

— Sim... — Ele tragou. — Todas as minhas amigas adultas fumam.

— Não estou me sentindo descolada o suficiente para estar sentada aqui com você — reclamei, brincando.

— Talvez você deva mudar de mesa... — ele me esnobou, brincando também.

— O.k., me conta. Como você estragou tudo com sua ex?

— Longa história...

— Eu tenho tempo.

— Eu a conheci no cursinho. A gente estudava junto todo dia e ficou amigo.

— Que fofo!

— Pff... — Ele arfou — Vai vendo...

Kayo deu uma tragada profunda.

— O que foi? Ela te esnobou e você ficou na friendzone?

Comecei a rir.

— É... Até teve essa fase... Mas passou. Nos reencontramos anos depois, ela formada, médica, e eu nessa vida de promoter. Ela nem ligou, e foi tudo lindo. Quer dizer, mais ou menos lindo. A vida dela era uma loucura. Tinha plantão todos os fins de semana, fazia residência em oncologia. Eu sempre tinha que dar uma força quando ela perdia os pacientes. Ela era profissional e reagia superbem, mas era intenso quando um paciente morria. Ainda mais os que ela tratava por anos, ou quando se apegava à família. É complicado cuidar de gente com câncer, sabe?

Ele parou por uns segundos e respirou fundo.

— E eu fiquei do lado dela, mesmo com essa vida escrota que eu levo, sempre em festas. E ela toda centrada, nunca aparecendo nas festas que eu promovia. Não bebia, não usava drogas... Bom, até então, eu também não.

— E quando foi que você começou com isso?

Ele tragou o cigarro e chamou o garçom.

— Você tem gim-tônica?

— Claro.

— Me traz uma, por favor? — ele pediu, com o olhar mais desesperado do mundo.

— Ei... Por que não continua a contar a história? Podemos beber depois...

Ele arfou e sorriu. Do mesmo jeito triste de antes.

— Pode deixar, Sara. Eu sei como funciono... Obrigado pela tentativa.

O drinque chegou, e ele bebeu como se fosse água. Parecia realmente fazer parte do cotidiano dele. Não seria um simples "Ei, por que não bebemos depois?" que mudaria aquilo. Kayo acendeu outro cigarro.

— Você quer parar? — perguntei, segurando a mão dele. Eu me arrependi por um momento de ter pedido para ele contar a história da ex. Pareceu que estava fazendo Kayo reviver um período difícil, que fizera com que ficasse autodestrutivo.

— Está chato me ouvir? Desculpa...

Ele se encolheu na cadeira.

— Não... — Ergui a voz, sem saber como reagir. — Só não queria que você ficasse triste. Parece que reviver essa história não faz bem para você.

— Foi a melhor fase da minha vida. Até dar tudo errado. — Ele olhou para o céu e ficou em silêncio por um tempo. Esperei. — O problema não era ela cuidar de pacientes com câncer nem minha vida de merda. Eu dava conta da frustração profissional. Amava minha namorada e tomava conta dela. Eu a pegava no colo quando precisava chorar e tudo o mais. Dei conta disso por dois anos.

— Humm... — murmurei. — E o que houve, então? — perguntei, meio sem saber se deveria insistir.

— Depois de dois anos vendo a mulher da minha vida com a carreira que eu queria ter, comecei a ir nas festas que eu promovia e realmente tentar me divertir, não só mais a trabalho. Para ver se aliviava um pouco minhas frustrações. Mas chegar em alguma balada e dançar, conversar com os amigos que eu fazia, não era o suficiente. E foi aí que descobri que o álcool poderia ser um bom amigo meu.

Respirei fundo. Pedi mais um café para o garçom. Ele continuou:

— Então, comecei a beber. E não foi pouco... Bem na época em que eu e a Jéssica decidimos mudar para um apartamento alugado. Ela que pagava, lógico. Eu era um fodido sem estrutura nenhuma para bancar nada.

Kayo lembrava muito o Henrique. Não que meu ex fosse de beber, mas a parte de ser profissionalmente frustrado e não conseguir pagar as contas. Era como se eu estivesse me vendo na história. Ele desatou a falar rapidamente e não parava mais. Parecia ansioso em contar cada detalhe.

— Eu chegava tarde, bom, cedo, porque já era de manhã, quando ela estava saindo para trabalhar. Mal dormíamos juntos. Quando nos cruzávamos de manhã, eu estava fedendo a vodca. Ela mal me dava um beijo antes de ir para o trabalho. Eu conseguia sentir o olhar de recriminação, mas ela nunca tocou no assunto. Sabia o quanto eu odiava aquela vida que levava. Um dia cheguei tão bêbado que ela me segurou pelos braços e discutimos. Só lembro flashes. Ela disse algo do tipo: "Ei, você só chega em casa quando estou saindo para trabalhar, e eu sempre entendi isso. Mas está sempre alcoolizado". Alcoolizado. Ela não usou nem a palavra "bêbado"! A Jéssica era tão inteligente, e o mundo incrível da medicina tinha deixado a mulher da minha vida com um vocabulário tão rebuscado que nem de bêbado ela foi capaz de me chamar.

Ele ameaçou continuar a falar, mas parou. Deu um gole no drinque.

— E então? — perguntei.

— Eu mandei a Jéssica calar a boca.

O silêncio tomou conta. Cocei a cabeça e engoli em seco. Não sabia como a história ia terminar, mas já sentia um pouco de repulsa pelo que estava prestes a ouvir.

— Eu disse: "Para você é fácil, né, doutora? Sua vida é perfeita. Você tem a carreira que tanto quis". A Jéssica começou a chorar. E não fui legal com ela. Em vez de pedir desculpas, só continuei com as ofensas gratuitas e desnecessárias. Tinha misturado muita bebida. Falei que era fácil ser ela, que só tinha que cuidar de gente que ia acabar morrendo uma hora ou outra. Que era mais fácil enterrar gente morta do que se enterrar estando vivo, levando uma vida de merda que você odeia, fazendo o que não quer.

Eu me encolhi na cadeira. Não sabia o que pensar. Kayo era uma das pessoas mais tristes que eu já tinha conhecido. Mas, mesmo depois de ouvir toda aquela história da briga, senti pena dele. Da vida dele, das perdas dele, da pessoa que havia se tornado. Não quis julgar cem por cento e simplesmente tachar o cara de um idiota completo por ter falado a bobagem que falou para a ex. Ele era só uma pessoa depressiva, sob efeito do álcool. Nem tinha noção das próprias atitudes e palavras.

— E aí vocês terminaram?

Ele riu. Riu triste.

— Não. Isso não foi nada. Nesse dia ela saiu para trabalhar chorando e logo depois corri para vomitar na pia da cozinha. Me lembro de ter acordado no final da tarde, no chão da cozinha mesmo. É. Aquele dia eu passei mal pra cacete.

— E quando foi que tudo acabou?

— As brigas continuaram, e eu acabei me acostumando com o álcool. Ficar bêbado para mim já não tinha mais tanta graça como no começo. Só beber não era o suficiente. Foi aí que alguns conhecidos me ofereceram ecstasy. Depois cocaína. E foi aí que deu merda de vez.

— Ela terminou com você por causa das drogas?

— Não.

— Então por quê?

Ele se ajeitou na cadeira, impostou a voz e ergueu uma sobrancelha.

— Fazia meses que não transávamos, nem éramos mais um casal. Só duas pessoas que moravam juntas, ela pagando meu aluguel e me tolerando por pena. Então, uma noite, numa festa... Eu estava tão doido, tinha usado tudo o que tinha direito, e uns brothers me empurraram três garotas. Muito lindas, com vestidos justos. Nem lembro o nome delas. Mas lembro que era feriado e que estava tocando uma música eletrônica com uma batida insana. Aí beijei uma delas. E a pegação ficou forte. Não satisfeito, beijei outra. E depois a outra. Quando me dei conta, estava me pegando com as três, encostado na parede da balada. As luzes brilhavam muito, eu estava na maior viagem. Então olhei por cima do ombro de uma delas e vi a Jéssica. De calça social, blusa branca e salto alto. A bolsa caiu do ombro quando ela me viu. Ficou atônita por alguns segundos, só me olhando, e as lágrimas começaram a escorrer. Então virou de costas e foi embora. Por mais doido que eu estivesse, saí correndo atrás dela e fui perguntar o que tinha ido fazer lá. A Jéssica disse que achou que eu ficaria feliz se ela aparecesse lá de surpresa, mas que tinha se dado conta de que só estava atrapalhando minha diversão. Fiquei passando a mão na cabeça desesperado e sentei na calçada enquanto ouvia minha namorada me dizer o merda que eu era. E era mesmo. Sabia que era. O pior foi que nunca tinha feito nada até então. Em quase três anos, foi a única vez que traí a Jéssica, e foi a pior merda que fiz na minha vida. Ela terminou comigo ali mesmo, na calçada em frente à festa. Fiquei doidão, chorando e sem saber o que fazer. A Jéssica pegou um táxi e se mandou. E eu literalmente nunca mais a vi. Quando cheguei em casa, todas as minhas coisas estavam em malas do lado de fora. Ela não atendeu a campainha, provavelmente tinha ido para a casa dos pais, e eu fiquei chorando lá por umas três horas sem parar. Ela nunca respondeu meus telefonemas ou mensagens. Perdi todo o contato.

Eu estava boquiaberta. Puxei o ar depois de alguns segundos, me dando conta de que estava prendendo a respiração durante toda a história. Que merda. Não sabia o que falar nem o que fazer. Ele ficou me olhando, com os lábios arqueados, esperando algum tipo de reação minha. Precisei de algum tempo para digerir a história. Minhas mãos estavam entrelaçadas, e eu desviei o olhar para baixo.

— Sinto muito.

— Não sinta. A culpa da merda toda foi minha.

— Os erros vêm para que a gente aprenda, sabe? — disse, tentando motivar o cara.

— Esse erro só fez com que eu me enterrasse mais no álcool. Nas drogas até dei uma segurada. Mas bebo sem nenhum controle até hoje.

— Posso ajudar em alguma coisa? — perguntei, estendendo a mão para ele.

Kayo a segurou, com os olhos marejados.

— Não. Ninguém pode.

— Você já pensou em buscar ajuda? — perguntei.

— De quem?

Ele riu meio triste.

— De um terapeuta?

— Para quê? Para ficar uma hora por semana sentado num sofá, falando que amo a Jéssica até hoje e que daria minha vida para ter minha ex de volta? Que queria voltar no tempo para consertar tudo? Tive outras pessoas na minha vida com as quais poderia ter feito a merda que eu quisesse, Sara. A Jéssica é a mulher da minha vida e fui errar justo com ela. Nunca vou me perdoar.

Abaixei a cabeça e senti que não tinha mais o que falar para ajudar. Eu mesma fazia terapia e vivia em crise existencial, então que tipo de conselho genial poderia dar para ele?

— Entendo.

Foi o máximo que eu consegui dizer.

— Obrigada por me ouvir. Eu nunca tinha contado isso para nenhuma mulher.

— E por que decidiu contar para mim? — perguntei.

— Porque você parece tão desesperada quanto eu.

Nesse momento meu coração disparou, com o choque de ouvir aquelas palavras. Então eu parecia desesperada? Estava deixando aquilo transparecer? As palavras doeram em mim. Tentei manter a calma, mas não consegui.

— Relaxa — disse ele. — Uma hora você vai achar o cara ideal. Enquanto isso, você se diverte com os errados.

Kayo piscou para mim, levantou e deu um beijo na minha bochecha.

Eu estava congelada. Ele pagou a conta.

— Quer voltar para o apartamento?

Continuei congelada. A resposta era óbvia. Depois de tudo... Não. Eu não queria voltar para o apartamento. Não tinha nem por que eu voltar. Kayo só foi "um lance", como ele mesmo disse.

— Fiquei de encontrar uma amiga.

— Entendi. — Ele abaixou a cabeça e suspirou. — Foi legal conhecer você, Sara. Fica bem.

— Você também — respondi, me encolhendo.

É. O Kayo definitivamente não era meu futuro em nada. Mas eu tirei uma lição daquilo. Caso um dia encontre meu futuro marido, vou valorizar cada detalhe da relação, para não deixar que acabe de forma trágica como tinha acontecido com ele. Sei que é fácil falar, e com o Henrique eu era boa e fazia minha parte. Mas nos relacionamentos a gente acaba errando sempre. O grande segredo é se conquistar todos os dias e não deixar acontecer o que rolou com o Kayo e a Jéssica, que nem se davam um beijo antes de ela sair para trabalhar. Não se acomodar e não deixar o amor se perder.

De novo: a vida sempre nos ensina algo.

5 de julho

Domingo de reflexão. Toda a história com o Kayo mexeu comigo. Ele chegou a ter tudo o que eu queria, alguém com quem estar junto e dividir uma vida. Mas ferrou com tudo. Fiquei pensando que quando eu achar a pessoa certa, preciso estar muito bem ajustada comigo mesma. Senti certo pânico. Sou bem resolvida comigo mesma? Não sei responder, então preferi ignorar e seguir assistindo a filmes no meu domingo preguiçoso. Chega de paranoia.

6 DE JULHO

Estou puta da vida, escrevendo com vontade de furar cada página com o laser que está saindo dos meus olhos neste minuto. Fui trabalhar hoje e cruzei com o Henrique mil vezes no corredor do casarão da Gio. Ainda sinto um embrulho no estômago misturado com saudade. A conclusão disso tudo é que sou muito foda. Sou um mulherão da porra por ter que conviver diariamente com essa situação e ficar de bico calado, sem que a Gio faça a menor ideia disso. E o filho da mãe do Henrique sempre insiste em querer falar comigo. Será que ele não vai desistir nunca? Já faz mais de dois meses que estamos nessa lenga-lenga.

— Sara — ele disse hoje, e me segurou pela cintura no meio do corredor.

— Henrique, mas que inferno!

Eu estava carregando um monte de peças de roupa e segurando um alfinete entre os lábios, mas me livrei das mãos dele. Independente do que tivesse para falar, não valia a pena ouvir.

— Até quando você vai fugir de mim? — ele perguntou.

Continuei andando em linha reta, focada em chegar até o quarto da Gio. Henrique me puxou pelo braço, me virou, tirou o alfinete da minha boca e me beijou. Eu me afastei o mais rápido que pude.

— Henrique! PORRA! — gritei. — Vou denunciar você por assédio. — Continuei andando, mas pouco depois virei. — E eu estou falando sério! — Voltei até ele e sussurrei: — Você já me fez perder três anos da minha vida. Quer que eu perca meu emprego também?

Graças a Deus e à minha agilidade, nenhum empregado da casa viu nada. Mas o frio na barriga era enorme. Eu podia perder muita coisa. Tipo a chance de mostrar uma roupa minha para a Gio.

E agora, diário, você deve estar se perguntando: foi isso que deixou você tão puta da vida? NÃO. Nem perto. Isso foi fichinha. Cheguei em casa umas sete da noite e enchi o pote da Mimosa de ração. Importada. Ela come melhor que eu. Esquentei uma lasanha de micro-ondas para mim e fui ver a correspondência que tinha pegado na portaria. E ali estava o pesadelo do dia. Multa por excesso de velocidade? Não. IPTU atrasado? Não. Contas para pagar? Também. Mas pior. Pior que tudo isso junto. Um convite de casamento de uma inimiga de infância.

Fiz um FaceTime com Denise na mesma hora.

— Você. Tem. Noção. Disso?

Ela tentou me acalmar:

— Sara, calma. É só um convite de casamento.

— A Laura fez para me provocar! Só porque vai casar antes de mim!

— Sara, E DAÍ? Essa paranoia é sua, lembra? — Denise gesticulava enquanto falava.

— A gente se odiava no colégio — arfei.

Denise deu de ombros.

— Falou certo. No colégio. Vai ver ela convidou todo mundo daquela época. Você que guardou mágoa à toa.

— Vai comigo? É daqui a duas semanas! — implorei, fazendo biquinho.

— Quê? Está louca? Você está pensando em ir? Por quê? Acabou de dizer que não gosta dela!

— Eu não disse que não gosto dela. Te disse que a gente se odiava no colégio...

Denise me encarou entediada.

— O.k., talvez eu não goste dela. Mas quero ir. Quero ver quem é o noivo. Quero ver como vai ser o casamento. — Comecei a roer as unhas e choramingar. — Quero ver cada detalhe. Quero ver como é... casar.

Engoli em seco e meus olhos se encheram de lágrimas.

— Ei, sem chorar, Sara. Calma.

Desabei. As pessoas que eu conhecia estavam começando a fazer o que era um plano e um sonho meu! E antes de mim, o que fazia eu me sentir ainda mais pressionada e angustiada. Todo mundo estava desencalhando, enquanto eu continuava com a minha vidinha. Me lembrei do Kayo e por um momento fiquei com medo de acabar como ele. Infeliz aos trinta anos, indo parar em outro emprego de que eu não goste e só tendo "lances" por aí. Desespero.

7 de julho

Acordei com cara de bunda. Dormi com o convite do casamento da Laura na mão. Era terça-feira, dia em que eu não costumava ir na Gio. Ela saía para fazer compras, ia para a aula de tênis ou qualquer outra atividade de gente rica. Eu estava descabelada, com meu camisetão, de meias, com remelas nos olhos, tomando café preto amargo e sentada na cadeira de madeira. Mimosa me encarava.

— Que foi, filha? Hoje não tem nada para você — falei ríspida e continuei com cara de bunda.

Mas ela continuou me encarando com aqueles olhinhos fofos e virando a cabecinha. Não aguentei. Levantei, fui até o pote de biscoitos dela e joguei um no sofá para que se distraísse. Pelo menos alguém ficaria feliz, porque eu estava deprimida. Não tinha fome. O convite estava em cima da mesa, e apoiei a caneca de café em cima dele de propósito, deixando uma mancha.

— Por que será que é tão difícil ser feliz sozinha? — murmurei.

Olhei pela janela e vi um casal de pombos empoleirado no telhado de uma casa.

— Até eles estão namorando e eu não. Merda — resmunguei.

Não nasci para ficar sozinha. Depois do término com o Henrique, percebi que me entedio com muita facilidade. Ficava em casa olhando para as paredes, sem saber muito bem o que gostava de fazer. Sempre namorei, desde adolescente. Não entendo isso de "gostar da própria companhia". Acho minha companhia um saco.

Fico com pena de mim mesma quando vejo um filme sozinha. Não gosto de cozinhar para mim. É muito mais legal cozinhar quando você está em dois ou em grupo. É um saco passear sozinha, ir ao parque sozinha... Viajar sozinha, então, nem cogito. Eu morreria de tédio no primeiro dia. Acho um porre.

Então lá estava eu, tendo que lidar com o fato de que estava só comigo mesma. Suspirei algumas vezes. Mexi nos dedos dos pés por puro tédio. Tomei o café e conversei com a Mimosa. Olhei para o apartamento e fiquei lembrando tudo o que já tinha passado com o Henrique ali dentro. Ficar sozinha era oficialmente uma droga. Não ia adiantar ligar para a Denise, porque ela provavelmente já estava indo para o ateliê. Mexi um pouco no Facebook, mas não tinha nada de novo. Só gente chata fazendo textão, gente rica postando foto de viagem, gente animada em balada e gente que trabalha mostrando o look do dia. Chaaaaaaato. Acho que preciso de novos amigos.

O convite de casamento manchado de café me encarava, e eu o encarava de volta. Levantei de repente, fui até minha caixa de som e coloquei música para tocar. Peguei meu bloco de desenho, meu lápis e decidi que ia descontar minha tristeza em novas roupas. Ia desenhar algo inspirado na Gio Bresser e talvez um dia tivesse coragem para mostrar para ela. Fui desenhando baseada no que a socialite já estava acostumada a usar, mas dando uma inovada, ousando um pouco, colocando mais decote e textura nos tecidos. As roupas da Helena eram legais, mas davam uma envelhecida na aparência da Gio, que tinha um frescor tão dela. Por que não usar aquilo a seu favor?

De repente, no meio de uma roupa que eu estava criando, toda tristonha, começou a tocar "Samba da bênção", do Vinicius de Moraes com o Baden Powell, na versão da Maria Bethânia, que estava na minha playlist. Um trecho dela diz:

Mas pra fazer um samba com beleza
É preciso um bocado de tristeza
É preciso um bocado de tristeza
Senão, não se faz um samba, não

E depois:

A tristeza tem sempre uma esperança
De um dia não ser mais triste, não

E eu senti que aquilo encaixou tanto no que eu estava passando... Senti um arrepio. Sorri meio tímida. Talvez fosse uma mensagem do universo para mim.

Depois de oito horas desenhando sem parar, concluí quatro roupas. Ficaram lindas, modéstia à parte. Olhei orgulhosa para elas e guardei tudo em uma pasta. Etiquetei como "Gio's next outfit" e coloquei dentro da bolsa que sempre levo para a casa dela. Só me faltava coragem para mostrar no dia seguinte. Vai que eu ainda consigo realizar meu sonho e ter minha própria marca, né?

8 DE JULHO

Levantei para o trabalho sem pressa e tomei um banho gostoso. Saí do banho e fiz uma escova no cabelo. Queria ir diferente para o trabalho. Queria que a Gio Bresser me olhasse de outro jeito quando eu fosse mostrar as roupas que tinha desenhado pensando nela. Passei um batom vermelho, um pouco de rímel e vesti um jeans e um moletom preto de veludo com aplicações de pedraria. Coloquei um escarpim preto, peguei minha bolsa com meus itens de costura e os desenhos e saí de casa confiante.

Fui recebida pela empregada.

— Que... exótica que a senhora está hoje.

Sorri meio de lado. Exótica? Aquilo era bom? Eu esperava algo como gata, linda, musa, deusa, diva, mas... exótica? Fiquei me sentindo estranha e já entrei na casa pisando em ovos. E se a Gio me olhasse e me achasse exótica também? Ou pior: brega? De repente ela não gostava do meu cabelo ou da combinação de veludo com pedraria, apesar de eu amar... A Gio precisava confiar em mim para estar disposta a ver as roupas que eu queria apresentar para ela. Mil paranoias se instalaram na minha cabeça. Até que ouvi uma voz suave chegando pelas minhas costas.

— Chegou, minha querida?

A Gio me segurou pelos ombros e me deu um beijo estalado na bochecha.

— Você está diferente! — ela disse, e sorriu.

Meu Deus, pelo jeito a Gio também estava me achando exótica. Merda. Péssimo dia para inovar.

— Diferente como? — perguntei, sem graça.

— Sei lá! Alisou o cabelo, está de salto! Uau...

Ela sorriu e virou de costas, andando em direção às escadarias.

Não foi nem um "tá bonita" nem um "tá esquisita". Que droga. Ela provavelmente odiou. Minha cara de bunda se instalou na mesma hora, e eu desisti de mostrar os desenhos para ela. Foi um balde de água fria. Por culpa das minhas paranoias. Ou de sei lá o quê. Decidi esperar... Aquele não era um bom dia para mostrar os desenhos.

23 de julho

Diário do céu. Duas semanas depois e cá estou eu na mesma. Não aconteceu nada de emocionante nesse meio-tempo. Não, não mostrei os desenhos para a Gio ainda. Não tive coragem, e não é sobre isso que eu quero falar.

Ontem foi o casamento da Laura. Chegou o dia de ver a coleguinha do colégio se dando bem e eu ficando cada vez mais para tia. Eu sei. Você já não me aguenta mais reclamando disso. Nem eu aguento, pode acreditar. Mas, calma, vamos ter fé de que os dias de solteira estão acabando. Estou escrevendo justamente para desabafar, então cala a boca e não reclama. Deus, discutindo com um diário.

Enfim. Eu e a Denise fomos comprar roupa para o casamento durante a semana. Acabamos alugando. Vestido de festa é sempre a maior furada. São caros e você só usa uma vez na vida, porque tira mil fotos na festa e se repetir a roupa na próxima as pessoas vão ficar comentando. Então acabamos alugando mesmo. Eu não estava superempolgada para ir, mas acabei me forçando e levei a Denise junto.

— Só você para me enfiar nessas enrascadas — ela reclamou, de braço cruzado no sofá da minha sala.

— Eu estou é chocada que você tenha ficado pronta antes.

— Lógico, me arrumei de qualquer jeito. Só estou indo para beber de graça.

— Eu estou indo para celebrar o amor — menti para mim mesma.

— Que falsa! — Denise me acusou.

— Por quê? Não é falsidade. Acho lindo pessoas se casando. É bacana, de verdade. Só fico triste porque não sou eu.

Denise riu.

— Ou seja, você não está indo celebrar o amor coisa nenhuma. Você disse que odiava a garota no colégio!

— Olha só. — Sentei no sofá ao lado dela. — Não sei o que estou fazendo, o.k.? Só vem comigo e aproveita o champanhe de graça.

Chamamos um táxi e fomos para o casamento, que seria numa casa de eventos badalada nos Jardins. Assim que entramos agarramos duas taças de champanhe, que já estava sendo servido no salão. Era esquisito. Estava rolando um coquetel antes da cerimônia. Achei que a bebida fosse liberada só depois de toda a chatice de o padre casar os noivos de fato. Mas, por sorte, não.

Denise ficou de olho no barman e eu aproveitei que estava sozinha para dar uma olhada no salão. Reencontrei vários colegas da época do colégio. A Giovana, que era a nerd mala da turma, que não passava cola para ninguém. A Paula, que era a bagunceira que fazia todo mundo dar risada. O Juliano, meu crush da época, que cá entre nós estava um gato e deu em cima de mim de leve. A Ísis, que sentava sempre do meu lado e fazia os trabalhos em dupla comigo, mas deixava tudo nas minhas costas e mesmo assim tirava dez.

O Ygor, que tinha engordado e era o sócio milionário de uma empresa enorme de chocolates. O Rodrigo, que sofria bullying, mas que acabou virando personal trainer e o maior gostoso. Eu já sabia daquilo, porque ele vivia postando fotos sem camisa no Facebook, treinando, correndo no Ibirapuera, fazendo crossfit. Era um pedaço de mal caminho, mas estava com a Úrsula desde o colégio. Eu achava os dois tão fofinhos. O amor deles nasceu na escola e tinha sobrevivido. Os dois eram casados e tudo o mais.

Uma hora, senti um esbarrão no ombro e me virei rapidamente.

— Desculpa.

— Jussaaaaaaraaaaaaa!

Me chamando assim, só podia ser ela, óbvio. Laura. Sua voz estridente ecoou pelo salão.

— Oi! — Abracei a noiva meio sem jeito. — Quanto tempo!

— Pois é! Que bom que você veio! Deu uma melhorada, hein?

— Oi?

Me afoguei no gole de champanhe que estava dando. O que ela tinha dito?

— Na época do colégio você era uma coitada, lembra? Toda esquisitona, meio excluída, sem amigos, com a cara redonda... Olha você agora! Fez alguma plástica, amore?

Eu. Não. Estava. Acreditando. Naquilo. Entornei a taça de champanhe e aproveitei para pegar mais uma com o garçom que passava. Virei num gole só antes de responder:

— Não fiz plástica nenhuma. — Ergui o dedo indicador e o girei no ar.

Outro garçom passou. Coloquei a taça vazia na bandeja e peguei outra.

— Tem certeza? Seu nariz está bem menos esquisito. Antes parecia uma batata. Agora está até aceitável. — Ela sorriu. — E o namorado, cadê?

Virei mais uma taça de champanhe antes de responder. Ela com certeza já tinha stalkeado meu Facebook e perguntara de propósito só para ver minha cara de bunda.

— A gente terminou faz cinco meses já — respondi, cuidando para não gaguejar.

— Juuuuura? Ai, que dó! Vocês pareciam o casal perfeito no Facebook. Jurava que iam casar!

Continuei olhando para ela, sorrindo meio sem graça. Uma leve angústia bateu. Um pouco de saudade do Henrique também. Ele sabia quem era a Laura, eu já tinha contado mil histórias com ela. Ia ser divertido estar naquele casamento com ele. Compartilhar aquele momento. Ele com certeza estaria fazendo piada da festa cafona e do jeito estridente dela.

— Mas e aí? Cinco meses solteira? Ou está saindo com alguém?

Fiquei séria. Ela continuou me encarando e ainda levantou uma sobrancelha como quem dizia: "Sério mesmo que você não tem um namorado?". Denise finalmente desistiu de paquerar o barman e veio ao meu encontro. Em um surto, sem saber direito o que estava fazendo e desesperada diante da pergunta, eu a puxei pela mão e grudei minha boca na dela. Dei um selinho na minha melhor amiga.

— Essa é a minha gata — eu disse para Laura, abraçando Denise, que ficou atônita, olhando para mim sem entender nada.

— Geeeeente! Que babado! Você virou lésbica?

Laura batia palminhas no ar.

— Eu terminei com o Henrique para ficar com ela. — Balancei a cabeça positivamente mil vezes, tentando convencer Laura e a mim mesma. Não sabia até que ponto ela me stalkeava e se tinha visto minhas fotos com a Denise no Facebook.

— Eu achava que vocês eram só amigas! Sempre via vocês juntas no Instagram, no Face... Era um amor secreto?

— Pois é. Coisa de anos! — Ri nervosa. — Amorzão, essa é a Laura.

Cutuquei desesperada a cintura de Denise.

— Ah, oi, Laura! Prazer. Denise — ela gaguejou, mas entrou no jogo mesmo sem entender o que estava acontecendo.

— Quem diria que você era lésbica!

Laura dava risadinhas agora.

— Você não deveria estar escondida do noivo? Se ele vir seu vestido antes, vai dar azar... — Denise tentou mudar de assunto.

— Ah, não acredito nessas superstições bobas, não! Eu e meu love somos tão felizes juntos que nada nem ninguém pode estragar o dia de hoje!

E passou mais um garçom com champanhe. Dessa vez nós três pegamos taças.

— Que bom. A gente superentende! Né, amorzão? — Cutuquei Denise. — Estamos muito apaixonadas, né?

— Humm... É isso aí... Muito. — Ela levantou a taça no ar.

— Um brinde às nossas almas gêmeas! — disse Laura.

Denise riu alto e eu dei uma cotovelada na costela dela, que emitiu um som estranho, tentando disfarçar a dor com um riso.

— Um brinde — ela disse entre os dentes.

— Um brindeeeee!

Ergui a taça, percebendo que estava ficando um pouco alterada por conta de todo o champanhe que já tinha tomado.

Em seguida, Laura foi falar com os outros convidados e Denise me puxou pelo braço para um canto.

— O que foi isso?

— Fiquei nervosa, amiga. Não tive coragem de dizer que estava solteira.

— E aí você teve a brilhante ideia de me transformar na sua namorada?

— Era o que tinha para o momento.

Dei de ombros e ri, já meio bêbada.

— Sua burra, aquele cara em que você estava de olho está te rondando. Não perde a chance de pegar. Ele está de olho em você.

— Quem? O Juliano? Eu sei... Calma, a festa só está começando... Amorzão — eu disse, com uma piscadela.

Rimos e fomos dar uma volta. O coquetel pré-casamento foi ficando animado, e eu também. Virei mais algumas taças e troquei olhares com Juliano, que correspondeu a todos. Eu e Denise dançamos e bebemos. Até que a Laura anunciou em um microfone que todos deveriam se acomodar, porque o casamento ia começar. Sentamos em cadeiras colocadas estrategicamente em filas horizontais, construindo um caminho em direção ao altar.

Achei as flores de mau gosto e meio démodé. No meu casamento, vão ser rosas brancas. Ela usou rosas cor-de-rosa e lilás. Achei muito conto de fadas, meio breguinha. Bem Disney, sabe? Eu estava tonta e sentei próxima ao altar. Juliano ficou ao meu lado. Sorri para ele, que passou a mão na minha coxa. Denise teve que me dar uma chacoalhada, porque, segundo ela, eu estava sorrindo demais e meio que tombando para o lado dele. Talvez não devesse ter tomado tanto champanhe assim antes da cerimônia.

E lá fomos nós. Começou a tocar a marcha nupcial, que me deixou meio enjoada. Não sabia ao certo se era a música ou a bebida. Só sei que ver a Laura entrando com véu e tudo me fez ficar com raiva. Eu queria que fosse o meu casamento acontecendo, e não o dela. Segurei firme no braço da Denise.

— Tô meio enjoada — sussurrei com um pouco de dificuldade.

— Amiga, sossega aí. Depois que eles casarem, a gente vai no banheiro jogar um pouco de água na sua nuca.

Começou toda a falação do mestre de cerimônia. Fui ficando cada vez mais sem paciência. Teve todo um discurso, até que chegou no ponto crucial em que o sujeito perguntou:

— Se tem alguém aqui que sabe de alguma coisa que possa impedir essa união, que fale agora ou cale-se para sempre.

— EU SEI! — Me levantei da cadeira sem pensar duas vezes, completamente bêbada. Denise tentou me puxar para baixo, mas resisti.

Laura congelou e me olhou atônita. Todos os convidados e meus ex-colegas de escola me fitavam. Eu não tinha a menor noção do que estava fazendo.

— EU TÔ ACHANDO ISSO AQUI UMA PALHAÇADA. A LAURA É UMA ESCROTA E NÃO DEVERIA CASAR ANTES DE MIM. — As palavras saíram emboladas. Ergui os braços para cima e balancei. — AH! E, JULIANO... — Tasquei um beijo nele. — VOCÊ TÁ UMA DELÍCIA! DE RESTO, VAI TODO MUNDO TOMAR NO...

Senti braços me pegando. Eram os seguranças. Laura começou a chorar, Denise veio correndo atrás de mim.

Essa foi minha trágica participação no casamento da Laura. Eu só queria que o Henrique estivesse ali para me abraçar e dizer que ficaria tudo bem, como sempre acontecia quando eu fazia alguma besteira. E daquela vez tinha me superado.

Já em casa, deitada de camisetão e com um chá quente nas mãos, Denise me olhava segurando o riso.

— Sou muito sua fã — ela disse, sorrindo muito.

— Denise, se você falar isso mais uma vez, vou mandar você tomar no cu — respondi, ríspida.

— É sério. Obrigada por ser minha amiga. Foi a melhor cena que presenciei nos últimos anos. Sou muito sua fã mesmo!

— Vai tomar no cu.

Peguei o celular e entrei no Facebook.

— A Laura me deletou.

Olhei para a Denise com cara de bunda. Ela começou a gargalhar.

— Não é pra menos, né? Olha o que você fez!

Ela ria sem parar, chegando a deitar na cama.

— Denise, você não está ajudando. Estou me sentindo péssima.

Meus olhos encheram de água.

— Amiga, desculpa, mas foi genial. Não tem como não rir. Espera a bad passar e você vai rir também. — Ela tentou segurar o riso e passou a mão na minha cabeça. — Descansa agora. Amanhã você vai se sentir melhor.

Obedeci minha amiga e caí num sono profundo.

24 de julho

Bom dia, segunda-feira! Já superei o desastre de sábado. Dane-se a Laura e o casamento dela. Hoje o dia me surpreendeu. Fui trabalhar ainda meio deprê. Cheguei na casa da Gio Bresser de cabeça baixa e logo dei de cara com o Henrique. Senti vontade de contar tudo para ele. Querendo ou não, senti falta dele no casamento, e por mais que não estivéssemos juntos talvez um dia pudéssemos ser amigos...

— HAHAHA. Não acredito que você foi tirada pelos seguranças do casamento da Laura! — Ele colocou as mãos no rosto. — Sara, você é uma gênia!

— Uma gênia bêbada — eu disse, rindo.

— Queria ter ido nesse casamento com você...

Ele sorriu meio tímido.

— Senti sua falta lá — confessei. — Ainda sinto às vezes.

Silêncio.

— Que merda — falamos em uníssono.

— A gente tinha tudo para dar certo, né? — ele disse.

— Pois é...

— E eu perdi você — ele disse, e olhou para baixo.

— Pois é...

— Sabe, Sara, aprendi muito com tudo isso.

— Que bom para você. — Dei de ombros.

— "Quando você perder, não perca a lição." Li essa frase esses dias. — ele disse, depois de um longo suspiro.

— É bonita.

Suspirei. Henrique parecia ter amadurecido mesmo. Bom para ele. Não era má pessoa e eu desejava o seu melhor, apesar de tudo. Sorri e segurei sua mão.

— Sara!

Gio chegou desesperada até nós.

Levei um susto e soltei a mão de Henrique. Meu coração disparou. Ai, meu Deus. Será que ela tinha visto?

— Querida, desculpe, mas fui procurar um alfinete dentro da sua bolsa e achei isso aqui.

Ela levantou a pasta com a etiqueta "Gio's next outfit". Meu. Coração. Congelou. Comecei a gaguejar:

— Gio... Dona... Quer dizer... Eu...

Henrique levantou sorridente da poltrona em que estava sentado. Sabia bem do que se tratava.

— O que é isso, Sara? — perguntou, provocando. — Você desenhou roupas para a Gio? — Henrique se fez de desentendido.

— Eu... Não... Quer dizer, sim... Mas...

Não conseguia parar de gaguejar.

— Sara... EU AMEI! — Gio berrou, e seu grito ecoou pelo corredor da casa. — Meu Deus, isso aqui é muito melhor do que as roupas que eu tenho vestido da Helena Bissot.

Entrei em pânico. A Helena ia me demitir. Mas, ao mesmo tempo, a Gio tinha visto meus desenhos e gostado! Meu Deus, meu Deus, meu Deus! Era bom e ruim ao mesmo tempo. Ou talvez só bom! Eu não conseguia definir o que estava sentindo. Minhas mãos suavam.

— Querida, quero que você costure essas roupas para mim. Semana que vem fotografo uma capa de revista e quero usar uma dessas roupas no ensaio.

Henrique se afastou e ficou logo atrás de Gio, pulando de alegria sem fazer barulho. Fiquei boquiaberta até me dar conta do que tinha acabado de ouvir. Abri um sorriso imenso.

— Gio... Meu Deus, muito obrigada por isso! — Corri para dar um abraço nela, mas parei no meio do caminho sem saber se deveria. Sem hesitar, ela me puxou para si.

— Você é muito mais talentosa do que eu imaginava, garota! Deveria ter seu próprio ateliê!

Henrique tentou disfarçar os olhos cheios de lágrimas logo atrás de Gio, e eu estava em choque. Não sabia como reagir ao ouvir aquilo. Meu ateliê? SIM, ÓBVIO! Era meu maior sonho desde SEMPRE!

— Podemos começar já? — perguntou Gio superempolgada.

— Lógico, já tenho as medidas. Só preciso comprar os tecidos. Vou chamar um táxi.

— Meu motorista leva você. Compra tudo o que precisar e volta para cá.

— Tudo bem — concordei, feliz.

Ela me levou até a porta e passei por Henrique, que estava extremamente feliz. Ele sussurrou "parabéns" no meu ouvido. Olhei para ele e sorri. O dia seria longo. Precisava fazer a primeira roupa logo para já ter uma ideia do caimento e dos ajustes necessários. Fui às lojas, comprei os tecidos e voltei o mais rápido que pude. Passamos o final da tarde e o início da noite conversando e rindo enquanto eu fazia os moldes e depois costurava. Encostado no batente da porta, Henrique ficava me olhando, orgulhoso.

— Pronto. Essa é uma primeira ideia do desenho que você viu.

Gio finalmente se olhou no espelho.

— Eu AMEI! Uau!

Sorri. Estava exausta, mas muito realizada. Tinha cada vez mais certeza de que era aquilo que eu queria fazer para o resto da vida. Quando cheguei em casa, fiz um FaceTime com a Denise.

— VOCÊ O QUÊ? — ela berrou, chacoalhando o celular, de modo que eu só via um borrão.

— Sim, amiga! Ela viu meus desenhos, amou, eu comecei a produzir uma das roupas, ela amou também e quer que a gente continue amanhã. Vai usar na capa de uma revista na semana que vem!

— CALA A BOCAAAAAA! — Denise berrou.

— Eu seiiiii, nem estou acreditando!

— Sua vida é incrível. Há dois dias você estava sendo carregada por seguranças para fora de um casamento completamente bêbada, e hoje passou a tarde costurando seus modelitos para a Gio Bresser!

Rimos.

— Se seguir nesse ritmo, daqui a pouco sua vida vira um livro!

— Se seguir nesse ritmo, daqui a pouco abro meu ateliê.

Ficamos em silêncio por um instante, só sorrindo.

— Torço muito por você amiga — disse Denise.

— Eu sei. Te amo!

1º DE AGOSTO

FOI ONTEM! A Gio finalmente fotografou a capa da revista! Deu tempo de fazer todas as quatro roupas que eu tinha desenhado para ela. Ficaram impecáveis. Na verdade a semana demorou para passar. Tive crise de ansiedade e até diminuí a quantidade de café! Fiquei frenética esperando pelo dia. O pessoal da revista foi na casa dela e eu acompanhei tudo, óbvio.

O fotógrafo chegou por volta das duas da tarde, com mais três pessoas: um assistente, que iluminou a sala da Gio, a diretora de arte da revista e a jornalista que ia fazer a entrevista. A matéria seria sobre o lifestyle da Gio, e queriam algo bem moderno e empoderado para a capa. Tudo a ver com as roupas que eu tinha feito.

Eles arrumaram a sala e o ensaio começou. Gio tinha seu próprio maquiador e cabeleireiro, então, entre cada clique, eles acertavam fios de cabelo, davam uma retocada no corretivo, passavam um pouco de pó compacto e tal. Eu arrumava cada dobra da roupa. Cuidava de cada detalhe, da bainha da calça à dobra da manga, deixando tudo impecável para que a roupa ficasse linda na foto. E ficou mesmo! A Gio arrasou em todas as poses. Ela é muito fotogênica.

Henrique viu tudo de perto, o tempo todo me olhando. Ele sabia que aquela capa de revista tinha uma importância especial para mim. Ele viu quão cuidadosa eu era com cada detalhe e como meus olhos brilhavam. Eu estava feliz ali, acompanhando tudo. Henrique sabia mais do que ninguém o que aquilo significava para mim.

A sessão de fotos foi até as seis, e Gio usou as quatro roupas que eu desenhei. Acabaram fazendo fotos para as páginas internas da revista também. Fiquei durante todo o ensaio. Quando terminou a entrevista, a jornalista veio falar comigo.

— A Gio falou muito bem de você.

Estremeci.

— Ah, é?

— Sim! Parabéns pelo trabalho. As roupas são realmente lindas... Conheço a Gio faz anos. Ela só usa coisa boa.

— Poxa, muito obrigada — respondi, tímida, mas querendo urrar de felicidade.

— Que nome você quer que apareça nos créditos?

Pisquei.

— Como é?

— Precisamos colocar "Gio veste..." nos créditos das fotos. Como chama a sua marca?

— Ainda não tenho uma — respondi, baixinho.

— Bom, qual é o seu nome?

— Jussara. Quer dizer, só Sara. Aliás, coloca Just Sara.

— Just Sara, excelente. Prazer e parabéns mais uma vez pela roupa. Posso ficar com seu contato?

Pisquei repetidas vezes para ver se aquilo que estava acontecendo não era mentira.

— Claro, anota meu telefone.

Depois que a equipe foi embora, Gio me abraçou.

— Querida, obrigada pela ajuda durante o ensaio. E parabéns pela sua estreia na mídia! Tenho certeza de que é a primeira de muitas matérias.

Ela piscou para mim e sorriu.

Gio era muito querida comigo, sempre havia sido. Eu não tinha do que reclamar. Ela era minha porta de entrada para o mundo com que eu tanto sonhara.

2 de agosto

Acordei sorrindo. Ainda estava extasiada com tudo o que tinha acontecido de maravilhoso no dia do ensaio. A Gio me pediu para desenhar mais roupas. Obedeci, lógico.

Fui escolher uma playlist para tocar. Fiquei em dúvida se queria pop, MPB, funk ou rock. Tive uma pequena crise existencial, que durou alguns minutos. A convivência toda com o Henrique veio à tona na minha mente e eu lembrei que sempre ouvíamos o que ele gostava. Não que eu não tivesse voz no relacionamento. Mas só agora estava me dando conta de que meus gostos tinham ficado para trás.

Senti que não me conhecia. Era como se eu não soubesse quem era a Sara. Quando eu desenhava roupas, o Henrique estava sempre ouvindo as músicas dele ou tocando violão. Eu simplesmente entrava no modo automático e não colocava nenhuma playlist minha. Fiquei esperando alguma intuição bizarra surgir.

Quem era Sara?

Dei de ombros para minhas próprias paranoias e decidi ouvir "Cajuína", do Caetano Veloso. E por aí foi. Deixei que a MPB tomasse conta do meu apartamento. Fiz mais dois looks. Um vestido e um blazer com aplicações, que ela poderia usar em várias ocasiões, mas principalmente com jeans.

Eu estava mais inspirada do que nunca. Conectada comigo mesma, uma sensação que não tinha fazia anos. Então me dei conta de que não entrava em contato comigo havia muito tempo. A garota que era apaixonada por desenhar roupas, comer molho de tomate puro, tomar banho de chuva mesmo no frio, deitar no chão no fim da tarde para tomar sol... Fazia tempo que eu não olhava para as vontades dela...

Sempre emendei um namoro no outro. Nunca tive tempo para *me namorar*. Ainda detestava a solidão e sentia pena de mim mesma por estar sozinha. Mas eu não tinha tempo para crise. Precisava focar nas roupas. Isto foi só um desabafo.

16 DE AGOSTO

Duas semanas depois... Desculpa o sumiço, diário.
Tenho estado ocupada desenhando roupas para a Gio. Estou cem por cento focada nisso. Ela tem adorado tudo, e nos damos superbem, melhor do que nunca. Henrique tem sido um bom amigo. Valoriza o quanto me esforço para tudo dar certo. Não tentou mais me beijar nem me puxar para conversinhas de corredor. Acho que entendeu que a gente não vai voltar depois de tudo. Não rola.
Perdoei o Henrique e está tudo bem. Ainda não o superei totalmente e sinto falta dele, é lógico, mas tenho lidado bem melhor com isso. Desenhar e costurar tem tomado muito do meu tempo, o que é bastante terapêutico. A psicóloga adorou. Disse que é ótimo que eu me entretenha fazendo algo que sempre quis. Ela me deu parabéns e disse que estou no caminho certo. Perguntou do diário, e eu contei que continuo escrevendo. Achou bom, mas não pediu para ler. Acho que o lance de eu ter chamado a mulher de velha a deixou meio traumatizada.
Bom, continuo na missão de me conectar comigo mesma e tem sido muito legal. Mas hoje acordei com um telefo-

nema da Helena Bissot. Eu estava sonhando com o Cauã Reymond pelado dançando "Macarena" para mim, então odiei a interrupção. Com tanto pesadelo idiota para ser interrompido, justo quando tenho o Cauã pelado só para mim meu telefone toca?

Bom, só sei que a Helena gritava tanto que eu nem entendia o que ela estava falando. Tive que afastar o telefone do ouvido e me espreguiçar rapidinho para tentar focar. Desapeguei do sonho delícia e voltei para a realidade, com Mimosa entrelaçada nos meus pés e nada de Cauã Reymond pelado no meu quarto.

— Você está tentando me sabotar, Sara? — Helena gritava.

— Alô? — eu disse, com voz de sono, depois de alguns segundos.

— Está fingindo que não me ouve?

— Helena, desculpe, eu estava dormindo.

— Você pode estar costurando para a Gio Bresser, mas trabalha para mim. Não pode me usar para estreitar relações com ela e começar sua própria marca, sua cobra!

Por alguns segundos fiquei confusa. Eu não tinha contado nada para a Helena, porque ainda estava pensando em como faria aquilo. Sabia que seria um caos. Minha chefe era muito vaidosa e tinha um ego do tamanho do mundo. Como ela tinha descoberto sobre as roupas?

— Helena, desculpa, eu ia contar.

— Você IA contar, mas esperou a Gio Bresser sair na capa de uma das revistas de moda mais importantes do país? Quis me fazer uma surpresa, queridinha?

E foi aí que caiu a ficha. ==A REVISTA TINHA SIDO PUBLICADA! MEU DEUS!== Uma mistura de "Vou perder meu emprego" com "Meu Deus, minha roupa está sendo vista pelo país inteiro neste momento" tomou conta de mim. Eu estava desesperada e eufórica. Meu coração disparou e comecei a gaguejar.

— He... Helena... Eu... Eu ia...

— Tá gaguejando por quê, queridinha? É tarde demais! Você está demitida.

Ela desligou o telefone na minha cara. Meu coração continuou disparado e comecei a suar. Eu estava desempregada, sem nenhuma chance de me defender ou pedir desculpas. Pelo que conhecia da Helena, ela não ia atender meus telefonemas, muito menos me receber pessoalmente. Eu estava na merda. Por outro lado, minhas roupas estavam na maior revista de moda do país, sendo usadas por uma conhecida socialite.

Estremeci, sem saber o que fazer. Afundei a cabeça no travesseiro, mas não senti vontade de chorar. Pelo contrário, comecei a gargalhar. Eu não sabia se deveria estar tão feliz. Tinha perdido o emprego. Mas dane-se. Queria viver a felicidade que as fotos me proporcionavam. Pulei da cama, vesti um short jeans, um camisetão e coloquei um tênis. Assoviei para a Mimosa, que veio até mim correndo, coloquei a coleira nela, peguei dinheiro dentro da bolsa e saí pela porta. Fui até uma banca, com Mimosa farejando tudo pelo caminho e abanando o rabo. Havia uma pilha de revistas *Donna*. Uma mulher superelegante e sua amiga compravam a revista. Estavam cochichando, e eu me esforcei para ouvir.

— Uau, que roupa é essa? — ouvi a mulher comentar com a amiga.

— Deve ser caríssima. A Gio só usa as melhores marcas.

— Com licença! — interrompi, meio esbaforida. A Mimosa pulou no colo da mulher, que se assustou. — Fui eu quem fiz!

Elas me mediram. Por segundos, esqueci que estava de camisetão, shorts e tênis.

— Ah, claro — a mulher respondeu, irônica, revirando os olhos e me dando as costas.

— É sério. — Eu a cutuquei. — Just Sara. É minha marca, pode procurar nos créditos. Pega meu telefone, posso fazer uma roupa para você também.

Elas continuaram me encarando. A mulher deu um longo gole no café da Starbucks que estava tomando. Ela me mediu mais uma vez e olhou para a amiga. Então respirou fundo e tirou o celular da sua bolsa Gucci.

— O.k. Me passa seu contato. Quero só ver — ela disse, ainda desacreditada.

Fiz minha parte. Não sabia o que ia acontecer depois daquilo. Era uma desempregada e ia ter que viver de desenhar minhas próprias roupas. Tinha que dar um jeito. As duas foram embora e eu virei para a pilha de revistas. Peguei uma e acariciei a capa. O.k., a cena talvez parecesse meio ridícula. Mas MEU DEUS! Lá estava Gio Bresser usando minha roupa! Continuei folheando a revista e vi as fotos internas. Ela estava impecável com os outros looks que eu havia desenhado e costurado para ela. Meu coração acelerou e meu celular tocou.

Provavelmente era Helena de novo. Revirei os olhos, mas era um número que eu não tinha na agenda.

— Alô?

— Oi, Jussara! Aqui é a Mônica, a jornalista que fez a entrevista com a Gio Bresser.

— Ah, oi!

Claro que eu sabia quem ela era.

— Te liguei para duas coisas. Primeiro, quero marcar um horário com você. Preciso de um vestido para um casamento.

Frio na barriga. Minha segunda cliente? Uau.

— Claro! Quando você quiser!

— Mesmo? Ótimo. Hoje no final da tarde você pode?

Precisava ir até a casa de Gio, contar que tinha perdido meu emprego e me despedir dela.

— Hoje o dia está meio... — Eu não sabia que palavra usar. — Complicado. Pode ser amanhã?

— Claro. À uma?

— Fechado! — respondi, animada.

— Segundo, o pessoal aqui da revista simplesmente surtou com suas roupas. Eles querem fazer uma matéria com você.

Parei.

De.

Respirar.

— Jussara? Você está aí?

Demorei mais alguns segundos para conseguir emitir algum som.

— Como... Como é que é? — perguntei enquanto me apoiava na banca. Mimosa farejava outra pilha de revistas.

— O pessoal aqui da redação amou suas roupas. Achamos você inovadora, diferente das outras marcas por aí. Você tem um frescor e ao mesmo tempo muita noção do que é tendência no momento. A gente quer fazer uma matéria com você usando suas próprias roupas.

Sentei na calçada e senti meus olhos se enchendo de lágrimas.

— Puta que pariu! — deixei escapar.

Ela riu.

— Isso é um sim?

— Isso é um ÓBVIO! CLARO! SIM! TOPO!

— Você é ótima, Jussara. Suas roupas transmitem sua juventude e sua irreverência. Podemos fazer a matéria semana que vem?

Semana que vem. Semana que vem. Semana que vem. Aquilo ecoou na minha mente por um momento. Se eu usaria minhas próprias roupas, estava atrasadíssima. Tinha que correr contra o tempo. Precisaria começar do zero e costurar roupas para mim mesma.

— Pode, sim! — respondi sem pensar, sabendo que teria que passar algumas noites em claro para que aquilo fosse possível. Mas eu estava disposta a dar um jeito. Meu dia mal começara e eu tinha recebido uma péssima notícia e duas sensacionais logo em seguida. Corri para casa com a revista embaixo do braço, liguei por FaceTime para a Denise e coloquei a revista na frente do meu rosto.

— MEU DEUS! — ela gritou. — JÁ SAIU?

— JÁ! — gritei também.

Veio uma série de gritinhos em uníssono.

— E eu fui demitida!

Denise parou de gritar e da extrema felicidade passou para o extremo choque.

— Você o quê?

Ela parecia muito preocupada.

— A Helena ligou para mim surtada. Ficou muito brava por eu ter desenhado as roupas que a Gio usou na capa da revista.

— Você devia ter contado para ela antes!

Denise estava arrasada.

— Eu sei... Vacilei.

— Vou sentir tanto a sua falta. Estamos nessa juntas há tantos anos!

Para tentar melhorar o ânimo da minha amiga, contei tudo o que tinha acontecido, das mulheres que estavam elogiando a roupa da capa ao telefonema da jornalista e o convite para a matéria.

— MEU DEUS!

E lá estava Denise surtando novamente.

— Pois é! Só que vou precisar da sua ajuda.

— Ai. Como?

— Eles querem que eu use minhas roupas nas fotos. Preciso que você venha tirar minhas medidas e me ajude com as provas.

— Claro! Quer que eu passe aí hoje à noite?

— Fechado. Agora preciso passar na Gio. Preciso contar para ela que fui demitida e me despedir, né? A Helena me colocou lá como costureira da marca dela. Agora já era.

— Amiga, não acho que ela vá dar tchau para você, não.
— Como assim?
— Ela amou suas roupas. Provavelmente vai querer que você continue costurando para ela.
— Bom, tomara. Porque ainda tenho contas para pagar. E meu sonho de ir para Paris. Preciso de dinheiro.

Fiquei triste por alguns instantes. Será que eu conseguiria mesmo um dia ir para Paris? Era meu sonho, além de ter meu próprio ateliê. Desempregada, a viagem parecia cada vez mais distante. Mas não era hora de pensar naquilo. Respirei fundo, desliguei o FaceTime, vesti uma roupa melhor e fui para a casa da Gio.

Chegando lá, toquei a campainha e fui recebida pela própria dona da casa, que estava com a revista em mãos. Ela nunca abria a porta. Fiquei até surpresa.

— Saraaaaaaaa! Você já viu?

Gio me abraçou. Abri um sorriso.

— Vi. Você gostou? — perguntei.
— Eu amei! Entra! Preciso conversar com você! — ela disse, esbaforida.
— Eu também — titubeei antes de entrar.
— O que foi, querida? — ela perguntou, percebendo que tinha algo de errado.
— A Helena me demitiu hoje cedo.

O sorriso de Gio se desfez e ela segurou minha mão.

— Eu vim me despedir — continuei.
— Se despedir? — Ela começou a gargalhar, com seu jeito encantador. — Querida, é só o começo.

Gio me puxou porta adentro e me levou para a sala de jantar, onde um lindo café da tarde estava servido.

— Senta, temos que conversar!

Ela sentou e seu robe branco acompanhou seus movimentos flutuantes.

Sentei e uma das empregadas me serviu suco de laranja.

— Sabe, Sara, eu andava meio cansada das roupas da Helena. Ver seus desenhos aquele dia, usar suas roupas, fotografar para a revista... Tudo isso me trouxe de volta a vontade de inovar! Sempre fui conhecida por usar peças diferentes.

Eu prestava atenção a cada palavra, sem tocar no suco de laranja.

— E pensei que você é uma ótima pessoa para contribuir com esse meu momento. Quero que você continue desenhando roupas para mim.

Não consegui segurar o sorriso.

— Nossa, mas é claro! Será um prazer.

— Eu cubro seu salário do ateliê da Helena, não se preocupe.

Era a vida sorrindo para mim. Não conseguia acreditar que aquilo estava acontecendo. Agradeci imensamente pela oportunidade. Era ótimo trabalhar com a Gio, não tinha desvantagem naquilo. Provavelmente Helena ficaria furiosa, mas era um problema dela. Eu só estava confiando na vida e no que ela tinha para oferecer. Estava seguindo o fluxo.

Na hora de ir embora, Henrique me chamou.

— Ei!

Virei quando estava passando pelo portão e sorri para ele.

— Será que você pode me dar um autógrafo? — ele perguntou, brincando. — Parabéns pela capa. Ficou incrível. Estou muito orgulhoso de você.

Contei tudo o que tinha acontecido, desde a demissão até a jornalista e a decisão de que ia continuar desenhando roupas e trabalhando para a Gio.

— Parabéns, Sara.

Ele me abraçou e eu retribuí. Sabia que torcia por mim no fundo, independente de qualquer coisa. Fui para casa começar a desenhar. No meio do caminho, recebi outra ligação de um número não registrado nos meus contatos.

— Alô?

— Oi, é a Sara?

— Sim, quem é?

— Oi, aqui é a Renata. Nos encontramos na banca hoje cedo. É você mesma quem faz as roupas então?

— Sim, sou eu.

— Eu queria marcar um horário com você.

E lá estava eu, conseguindo minha terceira cliente do dia. Agendei para o dia seguinte, depois da jornalista.

Sucesso. Agora eu tinha Gio como minha cliente fixa e duas encomendas. Denise chegou em casa e pediu que eu colocasse uma música. Fiquei em dúvida do que queria ouvir e me veio o monstrinho da paranoia de novo.

Quem é você, Sara?

Decidi que não daria bola, estava ocupada demais desenvolvendo roupas para mim mesma. Disse que Denise podia escolher.

— "Single Ladies", amiga? — perguntei, meio borocoxô, quando a música mais conhecida da Beyoncé começou a tocar.
— Não quero lembrar que estou solteira. Dá para mudar?
— Ai, desculpa. Juro que não foi de propósito.

Ela passou para "Run the World (Girls)", e lá fomos nós. Duas mulheres, completamente donas de nós mesmas, empoderadas, tirando medidas, dando risada e fazendo piadas infames. Espetando a bunda uma da outra com alfinetes e conversando sobre a loucura que tinha sido o dia. Foi gostoso, mas, quando terminamos, estávamos exaustas.

— Ufa. Agora é com você, sra. Talentosa. Mãos à obra — disse Denise, pegando suas coisas para ir embora.

— Obrigada por vir, amiga. Mesmo quando o mundo está desabando, você está aqui por mim.

— E sempre vou estar. É para isso que amigos servem.

Ela me abraçou, deu um beijo na cabeça da Mimosa e foi embora. E eu fiquei ali, até de madrugada, desenhando, modelando, costurando, alinhavando, provando peças para a primeira matéria sobre mim.

17 de agosto

Mônica, a jornalista, veio aqui em casa e foi supersimpática e agradável. Disse que várias leitoras da revista estão mandando e-mails perguntando mais sobre a tal Just Sara. Contei um pouco da minha história e ela ficou impressionada.

— Uau, já vi que a matéria vai ser incrível!

Ela disse que eu era um exemplo de superação e que muitas mulheres iam se inspirar em mim. Também me pediu um e-mail, já que muitas leitoras atrás de roupas da minha marca estavam pedindo.

— Só tenho um e-mail pessoal...

Ela riu.

— Então vamos criar agora um para a sua marca. Aí eu passo para essas pessoas! O que acha?

Mônica estava sendo um amor comigo. Criamos um e-mail e ela anotou no celular para passar para as leitoras da *Donna*. Tirei as medidas e fechamos o modelo do vestido. Em três dias eu conseguiria entregar para ela. Mônica foi embora satisfeita.

Logo depois chegou a Renata, a mulher que eu tinha conhecido na banca. Ela era mais fechada, menos simpática, mas também amou o vestido que eu desenhei. Criamos juntas. Seria para comemorar os dez anos de casamento dela. Prometi entregar a peça em cinco dias. Ela sorriu no final de tudo e foi embora satisfeita.

    Passei o dia costurando, e o vestido da Mônica já está pronto para a primeira prova. Sou mais rápida do que imaginava. As coisas estão fluindo bem.

21 DE AGOSTO

Mônica passou lá em casa para pegar o vestido e amou o resultado final. Liguei para a Renata, porque seu vestido tinha ficado pronto antes do prazo e ela também passou para buscar. Ficou bem feliz.

Tirei um cochilo de meia hora em seguida, porque estava exausta. Nas últimas noites tinha dormido duas horas no máximo. Denise me ligou no FaceTime e viu minha cara de cansada.

— Você precisa de ajuda, amiga? — ela perguntou, preocupada.

— Estou quase surtando... — respondi meio sem força. — Faltam menos de quatro dias para a minha sessão de fotos e ainda não consegui terminar as roupas, porque estava fazendo as roupas das clientes.

— Quer que eu vá para sua casa agora ajudar? As coisas estão calmas aqui no ateliê. Posso dizer que não estou passando bem — Denise sussurrou.

— Não, está doida? Quer ser despedida também?

— É... Tem razão. Mas passo aí de noite, quer?

— Pode ser...

— Vem cá. E o tal e-mail que a jornalista criou? Você chegou a abrir? Tem pedidos?

— Meu Deeeeeus! Esqueci completamente. Espera, vou ver agora.

Acessei a conta. NOVENTA E OITO E-MAILS.

Oi, adorei a roupa da Gio Bresser na capa e gostaria de uma igual. Como posso adquirir?

Oi, sou de Fortaleza. Vocês têm lojas físicas em todo o Brasil?

Olá, assino a revista Donna *e moro em Miami. Estarei no Brasil mês que vem e queria uma roupa exclusiva da Just Sara. Com quem eu falo?*

Oi, somos uma empresa de tecido importado italiano e gostaríamos de uma parceria com a Just Sara. Pode me passar um telefone?

Olá, quero um vestido da Just Sara para meu casamento. Qual o telefone de vocês? Como posso agendar um horário?

Saltei da cama.

— DENISE! — gritei.

— AI, MEU DEUS, O QUE FOI?

— A JUST SARA É UM SUCESSO!

— O QUE FOI?

— Tem noventa e oito e-mails na caixa de entrada, de todos os tipos, de várias partes do Brasil e do mundo. Um monte de gente quer comprar minhas roupas!

Subi na cama e comecei a pular. Mimosa não parava de latir.

— PUTA QUE PARIU! — Denise gritou, e logo em seguida tossiu para disfarçar, se dando conta de que estava no ateliê.

— Amiga, meu Deus! Meu Deus, meu Deus! E agora?

— Dane-se a Helena — ela sussurrou. — Estou indo aí ajudar você.

E Denise desligou na minha cara. Corri para a cozinha para preparar um café forte para despertar. Noventa e oito e-mails de pessoas querendo minhas roupas? Sentei no chão da cozinha e tomei meu café eufórica, mas com uma pitada de desespero. E agora? A marca nem tinha começado, e graças à Gio Bresser já tinha gente querendo usar minhas peças. O problema é que era uma empresa de uma pessoa só. Minha máquina de costura ficava na mesa em que eu comia, na cozinha do meu apartamento de setenta metros quadrados.

Com três clientes, já estava exausta e dormindo mal. Isso porque a Gio ainda nem tinha me ligado para que eu desenhasse mais roupas para ela. Mal a história tinha começado e eu já não estava dando conta. Sorte que a Denise estava vindo para me ajudar. Peguei o laptop e atualizei a página. Cento e dois e-mails. Meu Deus. O número ia aumentando e meu desespero também. Era a chance da minha vida, o que eu sempre quis, e estava ali ao meu alcance. Só que era como se eu estivesse tentando abraçar o mundo com as pernas. Apoiei minha cabeça no armário da cozinha e respirei fundo, fechando os olhos.

Pensa, pensa, pensa, pensa, Sara. O que você vai fazer agora? Eu precisava de uma estrutura maior, mas não tinha dinheiro. Precisava de pessoas trabalhando comigo, mas quem? Bati levemente a cabeça no armário, abri os olhos e virei para o lado. Olhei para o topo da geladeira e para meu pote de vidro cheio de moedas.

Ali estava a solução. Paris ia ter que esperar. Eu ia pegar as economias que estava guardando há anos e abriria meu ateliê. Lógico que não tinha só as moedas, aquilo era simbólico. A maior parte do dinheiro estava aplicado no banco. Tchau, Paris. Ao menos por enquanto. Olá, ateliê Just Sara. Levantei, me recompus e voltei a fazer minhas roupas para a matéria. Não demorou muito e a Denise chegou.

— Você vai desistir de Paris? — ela perguntou, chocada, quando eu contei.

— Por enquanto. Olha isso, Denise. Minha chance está bem na minha frente. Não posso deixar escapar.

Ela respirou fundo.

— Você está certa.

Fui até o laptop e abri um site de imóveis.

— O que você está fazendo? — ela perguntou.

— Preciso achar logo um espaço para o ateliê!

Denise pegou o próprio laptop da bolsa, abriu o e-mail da Just Sara com a minha senha e começou a responder às (agora) cento e cinco mensagens. Ela me consultava enquanto eu pesquisava imóveis.

Depois de uma hora, achei o lugar ideal. Tem cento e vinte metros quadrados, dois quartos, uma sala e fica perto de onde eu morava. Num cômodo eu tiraria as medidas e receberia a clientela, no outro estocaria tecidos, máquina de costura, desenhos e material em geral, e na sala montaria a recepção, com café para os clientes. Alguém poderia receber as pessoas, com um computador para centralizar os pagamentos e uma impressora para emitir notas fiscais. Além da máquina para cartão de crédito. Meu sonho estava acontecendo. Liguei para o número e agendei uma visita para o dia seguinte. Depois voltei para minhas roupas.

— Amiga, você tem um caderno?

— Para quê?

— Preciso montar uma agenda para você. Tem gente pedindo um horário para ontem!

Peguei um caderninho de anotações e seguimos assim até a noite, com Denise organizando minha agenda com a clientela e eu costurando.

22 de agosto

Acordei e fui direto visitar o imóvel. Meu futuro ateliê. E era exatamente como nas fotos. O prédio era novo e a sala nunca tinha sido usada. O piso era de madeira, as paredes eram brancas e o teto tinha gesso. Eu já conseguia visualizar como queria deixar tudo. Poltronas roxas na recepção numa pegada vintage, uma mesa com água saborizada de hortelã, café e chá. No canto, um vaso com flores.

Ia pintar uma das paredes de amarelo e no restante queria colocar papel de parede com aplicações. Uma pegada retrô meio moderna, com cor e bastante informação. Eu estava cansada daquela coisa démodé e clássica de todo ateliê ter lustres de cristal, papéis de parede floridos e ar de princesa, sabe? Queria fazer diferente.

Na minha sala, queria paredes azul-piscina, com meus desenhos pregados nelas para poder visualizar bem enquanto estivesse costurando. Ia colocar uma lousa para anotar compromissos importantes e uma bancada branca para a máquina de costura.

Na sala em que receberia as clientes, precisava que as paredes fossem nude, até porque seria o lugar onde elas ficariam nudes mesmo. O.k., péssima piada. Mas seria a sala onde as clientes iam provar as roupas, então não podia ter muita decoração nem muita cor, para que não interferisse na visão delas. Só precisaria de um espelho que iria do chão até o teto e de boa iluminação.

    Montei tudo na minha cabeça. Adorei o lugar, conversei com o cara da imobiliária e combinei de agilizarmos a papelada para que eu assinasse tudo o mais rápido possível.

25 DE AGOSTO

Finalmente o dia das fotos! Dei conta de terminar minhas roupas. Ficaram lindas. Denise não tinha agendado nenhuma cliente para antes da sessão para que eu não ficasse mais surtada ainda. As novas clientes teriam que ser atendidas no meu apartamento por enquanto, até que o ateliê ficasse do jeito que eu queria.

Denise teve que mentir de novo no trabalho para poder me acompanhar. Ia pegar um atestado médico depois com um peguete dermatologista.

— Está ansiosa? — ela perguntou no meio do caminho.

— Muito!

Eu suava frio. Ia ser um grande dia e eu podia sentir.

— Estou muito feliz e orgulhosa de você!

Eu também estava. Chegando ao estúdio, carregada de sacolas com as minhas roupas, fomos recebidas pela Mônica, que foi supersimpática.

— É sua assistente? — ela perguntou, olhando para a Denise.

Nós nos olhamos e rimos.

— Não — respondi.

Fui levada para um camarim, onde tinha um profissional me esperando. Não estava acostumada com aquele mimo todo. Ele me maquiou e fez meu cabelo, e eu me senti linda. Colocou até cílios postiços em mim!

Vesti a primeira roupa. Denise me ajudou e fez mesmo o papel de assistente, verificando se as peças estavam com o caimento certo e tal. Cumprimentei o fotógrafo, que era um gato, cá entre nós, e começamos os cliques. No começo fiquei meio tímida, mas fui me soltando ao longo do ensaio.

— Você é muito fotogênica — ele disse. — Assim fica fácil!

Sorri meio tímida e demos sequência ao trabalho. Ao final, depois de sete trocas de roupa, eu estava exausta. Minha amostra grátis de dia de estrela tinha me deixado bem cansada.

— Parabéns, o ensaio ficou maravilhoso! — disse a Mônica. — Agora vamos fazer a entrevista!

Foi fácil. Contei toda minha história de vida e demos risada. Eu me emocionei relatando tudo o que tinha passado para chegar ali. Ela achou fofo. Foi tudo muito de coração. A vibe era ótima no estúdio.

Quando chegamos em casa, abrimos um vinho e brindamos.

— Foi tudo tão legal! — eu disse, jogada no sofá.

— Mal posso esperar para ver o resultado!

16 de setembro

Hoje era o dia que a revista ia para as bancas. Mônica me mandou um WhatsApp avisando. Em meio aos desenhos e aos pedidos de novas clientes que já estava produzindo, segui o mesmo ritual: vesti shorts jeans e camisetão, coloquei a coleira na Mimosa e fui correndo ansiosa para a banca comprar um exemplar.

Cheguei, peguei a revista, meio trêmula, e folheei até achar minhas fotos. Quando vi a primeira, uma lágrima escorreu pela minha bochecha. Eu simplesmente não estava acreditando. Comecei a dar pulinhos e gritos histéricos no meio da rua, sem me importar com o que os outros achariam de mim. O dono da banca veio até mim, rindo. Era um português de uns setenta anos, com poucos cabelos brancos e bigode grosso.

— É você? — ele perguntou, apontando para as fotos.

Ele me conhecia tinha anos, desde que eu me mudara para o apartamento.

— Sim! Sim, sou eu!

Dei um abraço nele, que retribuiu sem graça, meio duro. Ele ria tímido, sem entender muito bem o que estava acontecendo.

— Parabéns! As fotos estão muito bonitas! — ele disse, e foi atender outro cliente.

Liguei animada para a Denise no FaceTime assim que cheguei em casa.

— OLHA ISSO AQUI!

Chacoalhei a revista no ar, mostrando minhas fotos.

— PARA DE BALANÇAR ESSA REVISTA! Não consigo ver nada. Me mostra as fotos!

Denise estava completamente surtada.

Como é bom ter amigos que torcem de verdade por você. Tem um valor tão grande na nossa vida: pessoas que encontramos nessa jornada e que ficam felizes com nossas conquistas. Temos que dar um valor enorme para elas.

— Corre para a banca! Amiga, eu estou na revista!

Não parei de chacoalhar a revista um segundo, com uma alegria enorme me contagiando.

— Estou indo! — ela disse.

Denise desligou na minha cara. Dei risada e comecei a ler a matéria, que estava ótima. A Mônica contou tudo exatamente como eu havia falado. Senti um frio delicioso na barriga pensando no que o futuro me guardava.

30 DE SETEMBRO

 Diáááário! Que loucura! Está tudo o mais maravilhoso e corrido possível. A revista me rendeu muitas clientes. Estou arrumando o ateliê e costurando muito!
 Faz tempo que não sei o que é beijar alguém. Sério, não tenho tido tempo para nada que não seja trabalho. A cada dia tem cliente nova surgindo. Estou tão feliz!

2 de março

ESTOU VIVA!

Uau. Oi. Sim, eu ainda existo, diário. Desculpa o sumiço, mas foi impossível escrever nos últimos meses. As coisas deram muito certo! Mais do que eu imaginava. Não tive tempo para mais absolutamente NADA!

Já estou com o ateliê aberto, todo decorado, mobiliado e funcionando. Obviamente não dei conta de tocar tudo sozinha e, como uma prima da Denise chamada Priscila estava desempregada, a contratei como secretária. Ela tem sido ótima. Expliquei como funciona o fluxo de clientes e quantas horas é preciso reservar para que cada cliente seja atendida sem pressa e a qualidade seja garantida. Estipulamos metas e está tudo fluindo bem. Tudo sob controle. Ela se encaixou direitinho e está sendo a melhor secretária do mundo, além de ser um amor e muito dedicada. A gente se dá superbem.

Falando em Denise, ela pediu demissão do ateliê, porque não aguentava mais ser maltratada e trabalhar com a vibe negativa da Helena Bissot. E adivinha! Agora ela trabalha comigo. Me ajuda a atender as clientes e costurar as roupas.

É tipo minha assistente. Melhor impossível. Nos vemos todos os dias, damos risadas e trabalhamos juntas ouvindo as músicas que ela coloca alto para tocar enquanto costuramos.

Quem é você, Sara?

Essa pergunta ainda me assombra. Tenho procurado muito de mim por aí. Sinto que essa busca eterna por mim mesma está impressa nas minhas roupas. Até para a terapia o tempo está curto, não é toda semana que consigo ir. Tem mês que só vou uma vez. Está tudo muito corrido, mas tento não ficar paranoica. Acho que minha busca por um marido vai ser eterna. Sempre que alguma cliente entra com o noivo pedindo um vestido de casamento me bate o mesmo desespero. A diferença é que agora eu desconto no trabalho, sem muito tempo para ocupar a cabeça com coisas como "preciso casar o mais rápido possível". Mudou para "preciso terminar esse vestido o mais rápido possível".

O ateliê está dando muito dinheiro e já estou conseguindo me sustentar com tranquilidade. Estou inclusive de mudança. Dessa vez um duplex lindinho de cento e vinte metros quadrados em Pinheiros, que também fica perto do ateliê. Já consegui recuperar o dinheiro que estava guardando para viajar e voltei a economizar para um dia realizar mais esse sonho.

Paris, me aguarde. Não desisti de você.

E assim está minha vida. Estou fazendo o que eu amo! A Gio Bresser tem sido atendida lá no ateliê. Ela é minha cliente mais VIP, mas entende que não tenho mais condições de ir até sua casa. Tem dias que passamos a tarde conversando e dando risada. Vou ser eternamente grata por tudo o que aconteceu graças a ela.

Ela até brinca comigo, diz ter ciúme e saudade de quando minhas mãos de fada eram só dela. Mas fica feliz por mim. Vai casar com o Henrique, e já não fico com o estômago embrulhado quando penso nisso. Ele às vezes vai com ela no ateliê e ficamos conversando os três. Zero mágoas. O Henrique decidiu se entregar de vez na relação com a Gio, e eu superei.

As pessoas erram. Ele errou comigo e eu provavelmente vou errar com alguém no futuro. Vida que segue. É errando que a gente aprende. Além do mais, a Gio ama muito o Henrique. E ele decidiu dar uma chance para o amor, dessa vez sem vacilar. Fiquei feliz por ele.

E assim eu sigo. As coisas estão bem e estou mais feliz do que nunca! Ah, a Mimosa tem um cantinho só para ela no ateliê. Um sofazinho de veludo que uma marca de acessórios para pet fez para ela. Fica do lado da minha máquina de costura, e ela vai todos os dias para o trabalho comigo, com seu brinquedinho de borracha.

15 DE MARÇO

    O dia foi corrido hoje, mas entreguei seis roupas e consegui atender todas as clientes.
    — Bom, vou indo, Sara. Terminei de confirmar as clientes de amanhã e marquei a reunião com aquela fábrica de tecidos da Venezuela que você me pediu, tá? — disse a Priscila.
    — Claro, Pri. Pode ir. Obrigada por hoje.
    — Até amanhã!
    Ela desligou o computador, pegou uma pasta em cima da mesa da recepção, a bolsa e saiu.
    Já eram oito da noite. Fui para minha sala dobrar as roupas que tinha terminado quando a campainha tocou. Cliente chegando aquela hora só podia ser brincadeira. Confesso que revirei os olhos. Respirei fundo, exausta, e fui em direção à porta. Desejei que a Priscila ainda estivesse lá para atender e dizer que já tínhamos encerrado o expediente. Mas a missão ficou para mim. Sacudi a cabeça, vesti meu sorriso mais falso e cansado e fui em direção à porta. Abri e fiquei paralisada por alguns segundos. Ele também.
    Um par de olhos castanhos me olhava, mas senti que aquele olhar atravessava meu corpo e encarava minha alma.

Uma conexão profunda que reverberou dentro do meu peito, fazendo meu coração acelerar.

— Oi. — Uma voz rouca ecoou pela recepção. — Cheguei tarde demais?

Continuei parada com a mão na maçaneta.

— Acho que chegou na hora certa — falei em voz alta, embora devesse ter guardado aquele comentário para mim mesma.

— Oi? — me perguntaram os olhos castanhos, com uma leve inclinada de cabeça.

Seus lábios eram carnudos, ele era alto e tinha cabelo preto. Seu maxilar era desenhado e ele tinha pouca barba. Estava vestindo jeans, sapato social e camisa de botão. Usava uns óculos que tirou logo e pendurou na gola da camisa, que estava com a primeira casa desabotoada. Carregava uma bolsa atravessada e segurava uma pasta nas mãos. Foi muito estranho o que senti quando o vi. Era como se já o conhecesse, embora nunca o tivesse visto na vida!

— Ah, nada. Eu quis dizer que você chegou na hora certa, porque agora não tem mais nenhum cliente. Entra.

Ele entrou e continuou me olhando. Nós continuamos nos olhando, aliás. O cara era lindo, exótico e extremamente perfumado. Provavelmente estava ali para encomendar uma roupa para a namorada ou esposa... Nunca que ia ser solteiro.

— A gente já se conhece? — ele perguntou.

— Também tive essa sensação. Mas acho que não — eu disse, sorrindo.

Me concentrei no fato de que era impossível ele ser solteiro. Lá estava eu, com a minha necessidade incansável de querer achar logo alguém. Pigarreei, depois ajeitei minha saia lápis na cintura e estendi a mão.

— Prazer, Jussara. Mas pode me chamar de Sara.

Ele riu, provavelmente do meu nome. Eu já estava acostumada com aquele tipo de reação.

— Eu sei, é nome de tia...

Ele começou a rir mais alto.

— O que foi? — perguntei, abrindo um sorriso.

— Se eu falar meu nome, você vai ver que não tem problema nenhum em se chamar Jussara — ele disse.

— Tenta! Duvido você ter um nome pior do que o meu.

— Prazer, Ernesto.

ERNESTO? Nós dois caímos na gargalhada.

— Meu... Deus! — Gargalhei mais. — Quantos anos você tem para se chamar Ernesto?

— Trinta. Mas tenho o nome de um senhor de setenta anos, eu sei.

Mais risadas.

— Imagina você bebê e as pessoas olhando para você no berço e te chamando de Ernestinho?

Eu mal conseguia falar direito. Estava rindo muito.

— Sim, sofri bullying a vida toda por isso!

— Coitado!

— Por isso nunca me apresento como Ernesto, e sim como Matheus — disse ele, assertivo.

— Você inventou um nome?

199

Eu gargalhava.

— Não! É que... na verdade tenho nome composto. Ernesto Matheus.

— PUTA MERDA! — deixei escapar. Estava quase chorando de rir. — Seus pais te odeiam?

Ele ria muito junto.

— Provavelmente... E os seus também!

A graça foi acabando e continuamos nos olhando. Quando paramos de rir, respiramos fundo.

— Ernesto... Pff...

— Por que fui te contar isso? Agora você não vai me levar a sério!

— Provavelmente. Mas, calma, sei ser profissional também. Diga lá. Em que posso te ajudar, Ernes... Quer dizer, Matheus?

— Olha, *Sara*... — ele frisou bem o nome, e a partir dali estava decretado que a gente tentaria não tirar sarro um do outro. — Eu queria um vestido.

Sabia. Ele não podia ser o solteiro mais lindo e gente boa do mundo.

— Para você? Vai ficar ótimo! — zombei, e rimos novamente.

— Engraçadona. Não é para mim, não. É para um aniversário de casamento.

Bingo! Ele era casado e já fazia tempo. Por uma fração de segundos desejei ter um cara como o Matheus. Lindo, bem-humorado e disposto a ir a um ateliê à noite mandar fazer uma roupa para a esposa.

— Que marido dedicado! Vem comigo até minha sala. Vamos criar um vestido incrível para sua mulher — eu disse, passando por ele.

— Na verdade, não é o *meu* aniversário de casamento. É da minha irmã.

Parei no meio do caminho entre a recepção e a minha sala.

— Ah...

Engoli em seco.

Então ele não era casado? Calma, Sara. Não dava para saber. O fato de estar sendo fofo com a irmã não significava que fosse...

— Sou solteiro, aliás — ele interrompeu meus pensamentos acelerados.

MEU DEUS!

Meu coração disparou.

— Sério? — perguntei.

— Sim, por que o espanto? Você acha que é fácil arranjar uma namorada quando seu nome é Ernesto?

Sorri. Conduzi-o até a minha sala. Talvez meus olhos estivessem brilhando um pouco. Quando chegamos, a Mimosa pulou direto no colo dele.

— Ei, garota! — Ele afagou a cabeça dela.

— Mimosa, ei! — Tentei puxá-la.

— Pode deixar, eu amo cachorros! — disse enquanto a segurava.

Quase pulei no colo dele junto. Além de tudo ele amava cachorros?

— E então? Do que sua irmã gosta?

— Ela ama amarelo.

— O.k., e o que mais?

— Ela é bem desapegada, mas ama suas roupas e não para de falar de você. Mostra suas roupas em revistas o tempo todo... Por isso vim aqui. Quero fazer uma surpresa.

— Jura que ela gosta tanto assim das minhas roupas? Fico feliz em saber! Bom, o ideal seria eu tirar as medidas dela. Mas você pode trazer um vestido dela e eu pego as medidas a partir dele.

— Ótimo. Pode ser amanhã?

— Claro! Até porque agora o ateliê já está fechado — deixei escapar.

— Meu Deus, mil desculpas! — Ele levantou imediatamente e foi saindo da minha sala. — Não me liguei no horário, saí do trabalho e vim direto! Sou arquiteto, às vezes foco tanto nos projetos que perco a noção do tempo!

Fui atrás dele rapidamente.

— Não se preocupe! Eu ia ficar até mais tarde mesmo.

Ele já estava indo em direção à porta.

— Desculpe ter sido inconveniente.

— Ei... — Segurei no braço dele. — Está tudo bem, mesmo!

Sorrimos, e ele parou na porta.

— Bom, então amanhã eu volto mais cedo e com um vestido para você usar como modelo.

— Fechado.

Matheus foi embora e o perfume dele ficou na recepção do ateliê.

15 de fevereiro

Desculpa a nova sumida, diário. É que, depois daquela noite, foram só flores. Literalmente. Vou tentar resumir. No dia seguinte, quando cheguei no ateliê, tinha um buquê de rosas amarelas me esperando. Não sabia de quem eram, mas achei um cartão.

Obrigado por ter me recebido depois de o ateliê ter fechado. Te vejo mais tarde.

Matheus. Sorri instantaneamente ao ler. Sabe aquele negócio que dizem tanto, de não procurar pelo amor? Que quando você menos espera ele vem e bate na sua porta? Foi exatamente assim. E ele bateu na minha porta quando eu menos esperava, porque o ateliê estava fechado.

Matheus voltou com um vestido da irmã, e criamos juntos um modelo para comemorar o aniversário de casamento dela. Ele me chamou para jantar e eu aceitei. Foi divertido, demos risadas e descobrimos que tínhamos milhares de coisas em comum.

Ele me deixou em casa, mas não nos beijamos. Fomos nos conhecendo aos poucos. Até o dia em que o vestido da irmã dele ficou pronto. Demorou uma semana e meia, mais ou menos. Entreguei na caixa personalizada da Just Sara, com uma fita de cetim dourada linda. Nos olhamos por um momento, então Matheus colocou a caixa na mesa, do lado da minha máquina de costura. Ele se aproximou e disse que admirava demais meu jeito cuidadoso e esforçado, e como eu era detalhista e extremamente dedicada ao que eu fazia. Matheus disse que também precisava ser detalhista e cauteloso em cada projeto, e que era raro hoje achar pessoas tão comprometidas e trabalhadoras como eu, que além de tudo amassem o que faziam. Sorri, então ele me segurou pela cintura e me beijou. Foi o beijo mais incrível da minha vida. Simplesmente encaixou sem nenhum esforço.

EPÍLOGO

Ele começou a aparecer sempre no ateliê. Não para encomendar roupas, mas para me buscar depois do trabalho. Ou me levava para meu apartamento novo (ele desenvolveu um projeto que deixou o lugar mais com a minha cara) ou para o apartamento dele, sempre levando a Mimosa junto. Agora ela tinha companhia: Pepo, o vira-lata do Matheus.

Nas nossas folgas, viajávamos para Búzios, para fugir um pouco da rotina. Não tivemos tempo de fazer nenhuma viagem mais longa até os dois tirarem férias. Nosso trabalho era muito puxado.

Éramos o casal mais apaixonado que existia. Chegava a ser chato ficar do nosso lado. Era declaração para todo lado. Ele era extremamente carinhoso comigo. Cuidava de mim, se preocupava comigo e vivia me fazendo surpresinhas. Encontrava post-its com "Eu te amo" colados na máquina de costura, buquês chegavam do nada no ateliê, ele fazia jantares para mim. Ah, e adorava me dar brincos! Dizia que emolduravam meu rosto. Eu não gostava tanto assim dos brincos, mas acabava usando só porque o Matheus gostava deles em mim.

Quem é você, Sara?

O Matheus amava que eu usasse os presentes dele. Cada semana era uma joia diferente que chegava lá no ateliê com algum cartãozinho com declaração. Sempre fui muito romântica, e também mandava flores para ele. A Priscila dava risada da minha cara e dizia que dar flores era coisa de homem. Eu sempre rebatia, perguntando em que mundo machista ela vivia. Mandava rosas brancas e ele sempre amarelas, como as primeiras. Cozinhávamos juntos. Ele me perguntava que vinho queria beber e eu sempre pedia que ele escolhesse.

Quem é você, Sara?

Dávamos muita risada juntos. Ele dormia direto lá em casa, e eu era muito apaixonada por ele. Descobri o amor verdadeiro. Aquilo que tivera com o Henrique ficou completamente para trás, superado. Tinha sido um capítulo da minha vida, mas, finalmente, era página virada. Matheus me tratava superbem. Não tínhamos preocupações com as contas no fim do mês. Confiávamos cegamente um no outro. Não tínhamos olhos para outras pessoas. Ouvíamos sempre as playlists dele quando estávamos no carro. Quando me perguntava o que eu queria ouvir, eu respondia:

— Qualquer coisa que você quiser, amor.

Quem é você, Sara?

Denise continuava solteira, sem pressa nenhuma de achar seu futuro marido. Eu pelo jeito tinha achado o meu. Mas, por mais estranho que possa soar, em alguns momentos ainda sentia que faltava alguma coisa. Não no relacionamento. Em mim mesma. Só não sabia ao certo o que era. Minha terapeuta me aconselhava a meditar, fazer ioga, dança, procurar atividades que despertassem meu interesse. Eu evitava ao máximo o assunto. Às vezes me dava conta de que não sabia o que gostava de fazer. Por mais que amasse o Matheus, meus gostos iam se misturando cada vez mais com os dele, e eu ia me perdendo.

Quem é você, Sara?

Nossa história já durava sete meses. Tudo lindo. Um fim de semana, ele me levou para Correas, em Petrópolis, no interior do Rio, a uma pousada que nunca tínhamos ido. Fomos o caminho inteiro escutando Jack Johnson. Eu achava legal. Legalzinho.

— Amor, que lugar mais lindo! — eu disse quando cheguei e vi o lago enorme em volta da pequena mata antes de chegar ao nosso chalé.

Matheus me deu um beijo na testa e caminhamos de mãos dadas. Eu me sentia feliz, como se durante toda a minha vida tivesse procurado por alguém como ele. Que me tratasse exatamente da forma como Matheus me tratava. Ele me fazia um bem enorme. Quando estávamos juntos, eu só conseguia sorrir e sentia uma paz imensa. Ele era meu porto seguro, meu ombro amigo quando eu precisava chorar. Meu companheiro, meu confidente, meu amante, meu amor.

E eu era tudo aquilo para ele. Quando estava estressada, Matheus sabia só de olhar e já me puxava logo para uma massagem. Quando ele tinha tido algum problema no escritório, eu fazia bolo de cenoura com calda de chocolate.

Abri a porta do chalé e vi que havia pétalas espalhadas pela cama e um balde com champanhe numa mesinha.

O quarto era todo branco e extremamente perfumado. A decoração era moderna e com móveis sóbrios. Tinha uma foto nossa em um porta-retratos ao lado da cama. Dei um beijo longo e demorado no Matheus.

— Te amo! — eu disse, meio atrapalhada enquanto tirávamos as roupas em meio aos beijos.

Depois de algumas horas na cama, ele me chamou para dar uma volta no lago. O sol estava se pondo. O cenário era lindo, o lago era grande e o clima estava agradável. Paramos na beira e ele me olhou nos olhos.

— Nesses últimos meses você tem me feito o homem mais feliz do mundo.

— Fofo! Você também tem me feito a mulher mais feliz do mundo!

Dei um beijinho na ponta do nariz dele.

— Cada dia que passa, tenho mais certeza de que quero passar o resto da minha vida com você.

Senti um arrepio percorrer a minha coluna até minha nuca. Emiti um som estranho meio sem querer. Engoli em seco, ri de nervoso e depois fiquei séria. Matheus colocou a mão dentro do bolso da calça jeans e tirou uma caixinha. Então ajoelhou na minha frente e a abriu, revelando um anel lindíssimo.

— Sara, quer casar comigo?

De repente, passou um filme na minha cabeça. De tudo o que já tinha dado errado na minha vida e do que me fizera estar ali naquele momento. Pensei em todas as vezes que me desesperei procurando meu "futuro marido", em todas as esperanças que depositara em caras que tinham aparecido na minha vida e que eu achava que seriam os certos para mim. E tudo fez sentido. Senti um alívio enorme e uma gratidão enorme também.

Aquele papo de que o universo sabe o que faz e de que você deve confiar na vida de repente fez todo o sentido. Todas as vezes em que eu conversei desesperada com a Denise no FaceTime e ela disse para eu me acalmar, que quando eu menos esperasse as coisas iam acontecer da melhor forma. Ela estava certa o tempo todo. Eu é que fui cabeça dura e encarei todo o tempo de solteira da forma mais sofrida possível, enquanto poderia ter mantido a tranquilidade e a confiança, sabendo que o melhor para mim viria mais cedo ou mais tarde. Respirei fundo, chorando, lógico. Muito, aliás.

— Claro! Aceito pra cacete casar com você, porra!

E foi assim que eu disse "sim" para o Matheus. Ele tirou um post-it do bolso e colou na minha testa. Arranquei para ver o que era e estava escrito "chorona". Dei risada, ainda chorando.

— Eu sabia que você ia chorar, te conheço tão bem...

Nos beijamos e nos abraçamos. Quando o Matheus colocou o anel no meu dedo, reparei que eu tremia muito.

— Obrigada por ser tão incrível comigo — eu disse, agarrando o pescoço dele.

— Obrigado por ter aberto a porta para mim aquele dia mesmo com o ateliê fechado — ele respondeu.

E novamente me veio o pensamento de que tudo tem uma hora certa para acontecer. Lembrei nossos primeiros momentos juntos, e era impossível eu estar mais feliz.

Os meses foram passando enquanto pensávamos juntos nos detalhes do casamento. Ele acabava decidindo muito mais coisas por mim. Eu ficava em dúvida. Ainda não sabia meus gostos direito.

Quem é você, Sara?

Muito trabalho das duas partes, o que às vezes fazia a gente se distanciar. Mas tentávamos compensar nos fins de semana, quando ficávamos grudados. Íamos em restaurantes e ele sempre acabava pedindo meu prato, porque eu ficava em dúvida com tantas opções no cardápio.

Quem é você, Sara?

Sempre que assistíamos a filmes, acabávamos vendo algo que ele queria, porque eu me via em conflitos do tipo: "quero ver terror ou uma comédia romântica?".

Quem é você, Sara?

E, conforme os meses foram passando, fui começando a surtar com minha falta de autoconhecimento. Parece bobagem, mas eu tinha passado a maior parte da vida namorando. Misturando meus gostos com o de outra pessoa, vivendo a vida do cara às vezes mais do que a minha própria. Com o Matheus, era a primeira vez que eu conseguia realmente me envolver com meu trabalho sem me estressar. E sem tentar resolver a vida do outro junto com a minha. Já era um grande avanço. Mas ainda me sentia meio perdida em relação a mim mesma. Comecei a falar a respeito com minha terapeuta, e ela reforçava a ideia de que eu só tinha vinte e sete anos e esse lance de precisar ter a vida perfeita aos trinta era pura paranoia. Ela achava que eu deveria ter um tempo para mim.

Comecei a me pegar chorando em vários momentos. Um dia me tranquei no banheiro do apartamento do Matheus e as lágrimas simplesmente rolaram. Meses depois do pedido do noivado, e com praticamente tudo pronto para o casamento, me veio a pior dúvida possível: eu queria mesmo casar? Seria o momento ideal para oficializar a relação? Eu não me conhecia tão bem assim para ter certeza de que poderia ser a esposa de alguém. Sempre tinha sido uma boa namorada, mas... e eu? O que eu era para mim mesma? Era uma boa Sara? Ou eu era uma boa Sara-desesperada-atrás-de-um-futuro-marido? Quem era a Sara de verdade? O que ela gostava de escutar, que filmes gostava de ver? Que músicas gostava de ouvir? Se fosse fazer um bolo para si mesma, seria de cenoura com cobertura de chocolate? Ou esse era só o preferido do Matheus? Eu não tinha dúvida alguma do meu amor por ele, provavelmente era o cara da minha vida. Mas e eu? E meu amor-próprio? Eu me amava como noiva do Matheus. Eu me amava como dona do ateliê. Eu me amava como amiga da Denise. Mas e a Sara? Sabia do valor dela mesma?

Quem é você, Sara?

Me dei conta de que não conseguia assistir a um filme sozinha sem sentir pena de mim mesma, sem me sentir só ou mal-amada. Sendo que era só um filme na minha própria companhia. Tinha passado vinte e sete anos fugindo de mim mesma e de quem eu era. Eu era agradável? Só tinha o feedback das pessoas com quem convivia. Mas, cá entre nós, diário... Sabemos que, quando estamos com outras pessoas, agimos diferente do que quando estamos sozinhos. Eu era agradável para mim mesma? Então as dúvidas continuaram me assombrando e meu desespero aumentou.

Quem é você, Sara?

Era sábado de tarde e eu estava no apartamento do Matheus. Estávamos de conchinha no sofá dele com a Mimosa e o Pepo assistindo a uma série.

— Amor, eu estava pensando na nossa lua de mel — ele disse, e me puxou para sentar.

Faltavam poucos meses para o casamento e minhas paranoias me assombravam muito ultimamente.

Quem é você, Sara?

— No que você pensou? — perguntei, sorrindo, mas meu estômago ficou embrulhado só de pensar no assunto.

— Sei que está puxado para você no trabalho, mas acho que a gente merece uma lua de mel maravilhosa, que combine com o amor que um sente pelo outro.

— E para onde?

— Paris.

Sorri. Finalmente! Aquilo era um sonho meu. Algo que a Sara queria desde sempre. Aquilo me deu uma sensação de alívio.

Ele se levantou do sofá, foi até o quarto e voltou com passagens na mão.

— Não acrediiiitooooo! Isso é real?

Pulei no sofá e peguei as passagens, sem conseguir me conter de tanta alegria.

Matheus definitivamente me conhecia muito bem. *Talvez mais do que eu mesma.*

— Calma, para tudo!

Liguei para a Denise no FaceTime. Quando ela atendeu, só viu as passagens na tela.

— Ai, meu Deus! — ela sussurrou.

— VAMOS PRA PARIS NA NOSSA LUA DE MEL! — gritei, e Matheus acenou de trás de mim.

— Shhhhh!

Ela colocou o indicador na boca.

— O que foi?

— Olha isso aqui...

Coberta com lençóis, Denise filmou o quarto desconhecido ao redor.

Me afastei do Matheus e fui para a cozinha.

— Onde você está, sua safada?

— Não sei! Saí ontem com umas amigas, bebi demais e acordei aqui. Mas estou sozinha, não faço a menor ideia de onde seja isso...

Comecei a gargalhar.

— Já vi esse filme, hein? — comentei, relembrando o dia em que tinha acordado desesperada na casa de Kayo.

— Pois é, e você está viva, então torça para eu sair viva daqui também!

— Vai dar tudo certo.

Suspirei e pensei na minha vida de solteira. Olhei de longe para o Matheus no sofá, que comia pipoca completamente focado na série que continuava passando. Eu não o trocaria por nada no mundo, mas lembrei que, quando eu era solteira, tinha meus momentos comigo e minhas chances de conhecer mais sobre mim mesma. Mas as desperdicei procurando desesperadamente por um marido. E, agora que eu tinha achado, estava procurando desesperadamente por mim mesma.

— Amiga, preciso conversar com você... Amanhã você pode? — perguntei.

— Claro, né?

Desliguei o FaceTime e voltei para o sofá com Matheus.

— Amor, está tudo bem com você? — ele me perguntou.

— Está sim, por quê?

— Não sei. Ultimamente você tem ficado triste de repente.

— Hã? Nada a ver... — tentei desconversar.

— Você gostou da surpresa de Paris? Já vi tudo com a agência e montei um roteiro para a gente! Você vai amar!

— Eu vou? — deixei escapar...

Ele me olhou meio sério e depois riu.

— Você está toda esquisita ultimamente... É ansiedade por causa do casamento?

Ele abriu aquele sorriso lindo que me desmontava.

Sorri de volta, mas senti uma angústia no meu peito.

— Com certeza.

Então ele tinha montado um roteiro que eu ia amar? E lá ia eu fazer tudo do jeitinho que ele planejava... Não que não achasse incrível, mas... Por que eu não podia montar o roteiro também? Vai que tem algum passeio que eu não quero fazer, ou algum lugar que eu quero visitar e que ele não considerou?

Fui para a minha casa, com a desculpa de que tinha ficado de encontrar a Denise no dia seguinte. Ele ficou meio borocoxô, mas senti que eu precisava do meu espaço.

Denise chegou lá pelas onze da manhã do domingo meio nublado. Mimosa pulou muito nela, que a pegou no colo e a girou.

— Ah, sua cachorrinha danada!

Abracei a Denise e respirei fundo.

— Você está bem? — ela perguntou logo depois.

— Não muito... Vem, vamos pegar um café.

Fomos para a cozinha.

— Denise... — comecei a falar.

— Caraca, só pelo seu tom de voz já sei que tem alguma coisa muito séria guardada aí...

— Pois é.

Sentei na cadeira que Matheus tinha me ajudado a escolher na loja de móveis.

Quem é você, Sara?

— Você vai me matar se eu disser que vira e mexe me pego pensando que deveria adiar o casamento?

Denise colocou a xícara na mesa.

— Oi?

Ela achou que eu estivesse brincando, mas me mantive séria e Denise entendeu que não era piada. Suspirei e apoiei a testa na mesa.

— O que foi? Vocês brigaram?

— Não! Pelo contrário. Está tudo ótimo... — falei ainda com a cabeça abaixada.

Ela colocou a mão no meu ombro e começou a fazer carinho.

— Então por que você pensou nisso?

— Amiga, não sei quem eu sou.

Comecei a chorar. Expliquei tudo o que estava passando na minha cabeça, toda a angústia de não ter amor-próprio, de sentir meus interesses misturados com os do Matheus. De sentir que tinha perdido muito tempo em busca de um marido sem me conhecer primeiro, e do impacto que aquilo estava tendo sobre mim. Disse que não sabia do que eu mesma gostava.

— Por essa eu não esperava... — ela disse ao final do desabafo.

— Nem eu. Imagina como está minha cabeça. Tudo o que eu sempre quis está prestes a acontecer, e agora quero botar isso em jogo...

— E por que você não se dá essa chance?

— Como assim?

Denise deu de ombros.

— De se conhecer.

— Como?

Ela começou a fazer cafuné em mim.

— Dando um tempo para você e para sua cabeça.

— Porque provavelmente arruinaria meu relacionamento.

— Você ama o Matheus?

— Mais do que tudo — respondi, com lágrimas nos olhos.

— E ele te ama também, certo?

— Sim. Muito — eu disse, chorosa.

— Então conversa com ele.

— E o que as pessoas vão achar? Já enviamos os convites! — eu disse, desesperada.

— Dane-se. Você vem em primeiro lugar — disse Denise, segurando com força em meu braço.

E foi o que eu fiz. Assim que ela foi embora, fui para o apartamento do Matheus. Tivemos uma conversa longa, com choro de ambas as partes.

— Você está terminando comigo? — ele perguntou, sentado no chão da sala com a mão na testa.

— Não é um término. Só preciso de um tempo comigo mesma.

Ele me olhou, chorando, e balançou a cabeça positivamente. No fundo, eu não sabia o que o destino reservava para mim. Não sabia se era um término ou só um tempo. Eu amava o Matheus, e muito. Mas, com o casamento tão perto, tinha percebido que talvez aquilo não fosse o ideal para mim no momento.

Concluí que eu precisava menos de um casamento e mais da Jussara. Tinha que me dar mais atenção, mais carinho, me ouvir e me cuidar mais, ter mais amor-próprio, desfrutar da minha solitude. Eu não era solitária. Tinha amigos, tinha a Denise, tinha colegas, tinha a mim mesma. Podia ser minha própria companhia. A melhor de todas.

Essa é minha atual busca: ser boa para mim mesma. Me fazer bem. Chega de tentar ser tão incrível para os outros. Chegou a hora de ouvir meu chamado interno. Ir em busca da minha felicidade sem depender de ninguém para isso. Será que é possível? Uns dizem que sim, outros morrem tentando. Só tem um jeito de descobrir. E é isso que vou fazer.

17 de outubro

Querido dane-se,

Paris é linda.

Chorei quando vi a torre Eiffel de perto. Comprei um crepe numa barraca bem em frente e odiei. Sim, a JUSSARA odeia crepe de Paris, prefere o do Brasil.

Visitei o Louvre e amei. Sim, a JUSSARA amou ver a *Mona Lisa* frente a frente.

Meu primeiro dia foi lindo, o clima está agradável e provo todas as comidas possíveis. Trouxe o diário para cá com a intenção de voltar a escrever todos os dias, mas agora que estou aqui decidi viver o que Paris tem para me oferecer. Quem sabe eu volto a escrever depois para contar como foi a viagem?

FIM.

Ou seria só o começo de um lindo romance... comigo mesma?

AGRADECIMENTOS

A todas as pessoas que ao longo deste livro entraram e saíram da minha vida. Cada uma teve seu papel, me ensinou uma lição e me fez evoluir na minha jornada, além de contribuir para esta história.

Agradeço à minha mãe pelas horas no telefone comigo. Mesmo em cidades diferentes, ela me deu colo à distância e acreditou em mim quando nem eu mesma acreditava.

À Marisa, minha amiga querida, que me inspirou a criar a Denise e me ouviu nas melhores e nas piores horas. E por ter gritado "UHU, EU SABIA QUE VOCÊ IA CONSEGUIR!" num restaurante quando eu liguei para ela numa noite de domingo para avisar que tinha terminado o livro.

Ao Bruno, meu editor, por estar comigo neste terceiro livro, o primeiro de ficção, me ajudando noite e dia, não importando o horário, aprovando trechos do livro comigo por WhatsApp, dando opiniões e me salvando na hora que o bloqueio criativo batia à minha porta.

Hoje sou uma pessoa melhor do que quando comecei a escrever este livro.

Obrigada, Deus, por me fazer exatamente como eu sou.

TIPOGRAFIA Literata
DIAGRAMAÇÃO Tereza Bettinardi
PAPEL Pólen Soft, Suzano Papel e Celulose
IMPRESSÃO Geográfica, agosto de 2017

A marca FSC® é a garantia de que a madeira utilizada na fabricação do papel deste livro provém de florestas que foram gerenciadas de maneira ambientalmente correta, socialmente justa e economicamente viável, além de outras fontes de origem controlada.